Aurélie Jeannin

# Au point du jour

ÉDITIONS DE L'OLIVIER

ISBN : 978.2.8236.2136.5

*À Xavier*
*À mon frère, Nicolas*

« C'est la blonde aurore
Qui vient encore
Dorer les roches
Des forêts proches,
Éclairer les monts.
Chantons à pleins poumons,
Le gai retour
De la vie et du jour. »

*Le Point du jour,* fanfare

« Je sais, cela seul est sûr, que c'est à ces petits canards délurés, martiaux, attendrissants et ridicules, que je dus, au plus sombre couloir d'un sombre jour, de sentir mon désespoir soudain glisser de mes épaules comme un manteau trop lourd. »

*Le Silence de la mer,* Vercors

Un jour, celui de ses huit ans, elle venait d'avoir un nouveau vélo. Ses réglages étaient les plus fins et les plus précis du monde, si parfaits qu'elle redoutait de passer par-dessus le guidon à chaque fois qu'elle serrait les poignées des freins. Toute la journée, elle avait chevauché son cadeau, essayé de le dompter. Il était un dragon mais elle était puissante, elle volait, elle décidait. Rien ne pouvait l'arrêter, elle était libre, plus encore que lorsqu'elle envoyait sa balançoire haut dans le ciel, jusqu'à voir chez le voisin par-dessus la haie, et chez celui d'après encore.

Après avoir garé son vélo proprement, la pédale calée sur le bord de la terrasse, Florence avait poussé la porte de la maison, le bas du dos perlé de petites gouttes de sueur calées dans le léger duvet de ses poils. Elle n'avait rien vu venir. Dans le couloir qui menait à la cuisine, son père s'était rué vers elle et l'avait giflée pour la première fois de sa vie. Il n'avait rien dit. Juste, sa main s'était abattue sur la joue de sa fille, déversant l'angoisse qui avait été la sienne de l'avoir appelée pour le dîner, trois, quatre, cent fois d'après lui, ignorant sur quels chemins alentour elle était allée avec son vélo, tentant de réprimer ses questions, sa crainte gonflée, tendue, ses pires scénarios.

À l'arrêt au milieu de la route, ce fut le premier souvenir qui lui revint en tête, dans l'habitacle qui attendait sa décision. Cette enfant plantée devant son père, ignorant parfaitement ce qu'elle devait faire. Son père s'était inquiété mais il n'était pas parti à sa recherche, il n'avait pas pris la voiture pour parcourir les rues du village. Alors Florence n'avait pu que rester là, pétrifiée, sans comprendre, sans parvenir à borner son erreur. Aucun enchaînement d'idées dans sa tête. Aucune émotion assez juste pour s'imposer. Elles butaient, toutes, sur un barrage invisible qui l'emprisonnait. Et c'était le flux chaud de l'urine le long de ses cuisses qui l'avait sortie de sa torpeur. Elle n'avait finalement rien décidé. Sa mère les avait rejoints et l'avait tirée derrière elle jusque dans la salle de bains pour qu'elle s'y douche et s'y change.

De cet épisode, Florence n'avait conservé que le sentiment confus d'une incompréhension stérile, vaine, et surtout d'une impuissance qui lui collait encore à la peau. Si elle ne comprenait pas ce qui se passait, comment pouvait-elle agir ? Comment pouvait-elle mettre son corps en mouvement si son esprit tournait sans fin sur lui-même, ne parvenant à échafauder aucune hypothèse ? Comment pouvait-elle prendre une décision ? Son père avait eu peur, comme jamais, mais il n'était pas parti à sa recherche. Elle avait été libre, des heures durant sur son vélo, qu'aurait-elle dû faire alors, qui lui épargne la punition ? Qu'aurait-elle dû décider de faire ?

Cette nuit, Florence, arrêtée au milieu de la route, avait huit ans. Empêchée et sclérosée, elle attendait que sa mère la prenne par la main, la soustraie aux yeux furieux de son père. Mais elle était seule aujourd'hui.

*Intermarché vous remercie de votre visite.*

– Va te faire foutre ! Putain, soixante balles.

Florence glissa sa carte bleue dans son portefeuille qui ne contenait guère que ça. Une carte bleue, une carte d'identité, une carte Vitale, un permis de conduire, et même pas quelques pièces. Pas de photos pliées. Pas de billets. Elle n'avait pris que le minimum ; c'est ce qu'elle avait écrit dans la lettre qu'elle avait laissée à Brice, griffonnée à la va-vite, un peu comme une excuse qu'on balance quand on est pris en défaut.

Elle remonta dans la 205, cala ses fesses dans le siège défoncé de la vieille caisse qui ne sortait quasiment plus depuis que Brice avait acheté sa moto. « Une folie, avaient mugi ses parents. Tu veux finir dans un mur ? » Florence n'avait rien dit. Elle savait trop comme l'ivresse fait tenir une vie sans brio.

En passant devant les commerces et la flopée de volets fermés, elle sentit que ça la brûlait au niveau du cœur, sans savoir si c'était de partir, d'avoir envie de se retourner ou de ne pas en avoir envie, ou que personne ne soit là pour la saluer tandis qu'elle franchissait le panneau barré, dans la nuit. Elle se sauvait, ses affaires dans le coffre et sur la banquette arrière, soixante balles en moins pour rouler vers ailleurs, elle ne savait pas où. Dans son rétroviseur, elle ne voyait rien d'autre que son barda sans valeur. La vue bouchée, c'est aussi ça qu'elle fuyait.

L'inquiétude la submergea soudain. Et si sa fuite n'était pas une tentative de réconciliation avec elle-même, mais une utopie pure et simple ? Une bêtise, une erreur, un drame demain lorsqu'elle rentrerait chez elle, collée au dos de Brice sur la moto qu'il conduirait de façon brusque, peinant à cacher sa rage derrière son sentiment d'humiliation. « Qu'est-ce qui t'a pris, merde, Florence ? » Il ne la taperait pas, jamais. Mais son silence et ses yeux noirs seraient pires que tout. Elle en tremblait déjà. Pourtant, est-ce qu'elle s'en voulait de partir comme ça ? Pas vraiment, même si elle ne pouvait pas ignorer la culpabilité qui pesait, là, au creux de son estomac. Brice, leur maison, leur chat, c'était quand même dur de les laisser derrière elle. Mais les choisir eux, c'était s'abandonner elle. À la lisière d'elle-même, Florence était devenue sa plus grosse déception.

Lorsqu'elle avait décidé de rester vivre ici, à Bréyeul, elle avait en elle un idéal. Tous les hommes égaux, pas d'échelle de valeur. Tous capables, tous bons. Peu importait : les passés, les manières de s'exprimer, les fringues, les métiers, les idées, les origines. Que des humains faits pour être ensemble, des gens à écouter, à aider, avec qui faire des choses et partager. Et à la campagne, plus qu'ailleurs, des gens soucieux de leurs voisins. Et puis, tellement moins de pollution. Du vert et du pur.

Les épaules tendues, les mains moites sur le volant, Florence pesta intérieurement contre sa lâcheté. Elle enrageait d'être restée tout ce temps, nourrissant des images d'Épinal sur la campagne profonde, ses paysans amoureux de la terre et ses familles généreuses, leur bon sens et leurs valeurs. Leur simplicité royale qui ferait marcher droit et agir juste. La terre, les animaux, les saisons, l'amour des siens. Dans les assiettes, des plats mijotés. Pas de quinoa ni de tofu. De la bidoche qui vient de la ferme d'à côté. De la sauce et du gros pain à la croûte qui craque. Le sens du vrai.

La réalité était autre ; les portes des maisons demeuraient le plus souvent closes, coupaient les gens les uns des autres. Les habitants pure souche formaient des cercles très restreints qu'ils protégeaient de leurs blagues privées, vous tournant le dos l'air de rien et parlant fort. Florence était du cru mais elle était aussi cette jeune femme qu'on avait vue grandir et qui, de fait, n'existait pas vraiment. Elle était ignorée, n'appartenait à aucun sérail.

Elle s'en voulait plus qu'elle n'en voulait aux autres d'avoir lâché ce qui comptait pour elle. Ses idées, ses rêves, tout ce qui l'avait aidée à tenir debout, à espérer autre chose. Elle ne partait pas à cause des maisons aux voilages orange rehaussés par une pince en forme de soleil, des peluches accrochées au rétroviseur des voitures, des enseignes de bouffe rapide et grasse qui avaient remplacé peu à peu les petits commerces de produits locaux, pas à cause du désert médical qui rendait les médecins las et désabusés, des tracteurs qui ralentissaient tout le monde sur la route, des blagues misogynes, homophobes et racistes. Pas à cause de l'odeur des bistrots, de la tronche du patron qui fume sur le seuil en oubliant de caresser son chien et en regardant passer les camions sur la nationale qui balafre le village, à deux mètres de ses pieds.

Elle partait pour fuir ceux qui savent, ceux qui décident, ceux qui sont beaux, ceux qui suivent, ceux qui crient, ceux qui avancent, ceux qui consomment, ceux qui prennent soin, ceux qui profitent, ceux qui tuent, ceux qui nourrissent, ceux qui ont de l'argent, ceux qui n'en ont pas. Fuir un monde qui ne pouvait pas changer, dont les extrêmes et les incohérences l'écartelaient chaque jour un peu plus. Florence partait pour cesser de leur en vouloir et pour arrêter de s'en vouloir de ne plus ressentir ni compassion ni espoir pour ces humains-là. Pour cesser de souhaiter les secouer, de les juger. Il n'était plus question d'héritage, de ce que l'on fait ainsi parce qu'on a toujours fait ainsi. C'en était fini, même de ces transmissions accablantes. La télé seulement disait quoi penser. Et elle y allait, en fond sonore et visuel permanent. Elle engloutissait, tirait vers le bas. Vers les bars, les écrans de téléphone, les sachets de chips et les chaussures en plastique.

Florence ne pouvait plus. Sur sa peau, au fil du temps, elle avait senti pousser comme des pics qui se hérissaient dès qu'elle entrait dans la boulangerie, le tabac-presse, chez le coiffeur, que les yeux tombaient sur elle, quand la radio s'ajoutait aux fausses discussions sans parvenir à les couvrir totalement. Les vieilles qui se plaignaient du temps, les vieux qui se charriaient méchamment, les sans-âge qui se jaugeaient sur tout, et dont le seul désir était de s'assurer qu'ils avaient la plus grosse. Si t'en reprends pas un, t'es un pédé. Si tu ne réponds pas, une salope. Si tu ne ris pas, un snobinard. Enfin, il était aussi devenu trop dur de vivre à côté de ceux qui ne peuvent pas partir, pas quitter les chaînes de production et les entrepôts où les bips imposent la cadence jusqu'à rendre fous, insensibles pour survivre.

Ce soir-là, Florence avait dépassé ses limites, la nausée au bord des lèvres. Elle avait fui cette terre occupée à tourner le dos à sa campagne et à copier les villes qu'elle fantasmait, cette terre perdue qui ne savait plus qui elle était. Une terre comme une entrée de ville qui s'étalait entre entrepôts, galeries commerciales, champs et parkings. Des panneaux partout pour indiquer des directions, des entrées et des sorties, des sens obligatoires et des sens interdits, des portes automatiques.

Soudain, après presque une centaine de kilomètres, la 205 crachota de façon inattendue. Florence fit mine d'ignorer les à-coups, mais il ne fallut pas deux minutes à la voiture pour ralentir et s'arrêter. Elle essaya de la redémarrer. L'immense courage qu'il lui avait fallu pour s'arracher à sa vie ne pouvait pas se solder ainsi. Elle ne pouvait pas revenir, dire à Brice qu'elle ne lui reprochait rien mais qu'il était devenu tout ce dont elle ne voulait plus.

Stoppée au milieu de la route, dans cette nuit impossible, son univers suspendu et toutes ses possibilités avec lui, Florence fut traversée par l'envie de pleurer. Doucement, les vibrations cessèrent dans son corps. Grand silence. Elle essaya de nouveau de redémarrer, en vain. Elle était plantée là, à la surface de la terre. Elle n'avait plus d'intention, plus aucun élan, figée dans cet instant de décision qu'elle redoutait depuis toujours. Droite gauche. Arrêter continuer. Parler se taire. Dire oui dire non. Partir rester. Quoi faire ?

Elle sentit des fourmis dans ses doigts, qui la réveillèrent un peu. Tenta une nouvelle fois de redémarrer. Mais la voiture n'objecta que son silence et sa paralysie.

– Tu ne peux pas me faire ça, putain !

L'air chaud et la poussière de la cour formaient un amalgame poudreux. Sans vent, l'atmosphère fendillée seulement par les cris rauques de quelques chiens, écrasait le sol. Dans la poche avant de sa cotte bleue, sur sa poitrine, Daguet sentit le crayon de bois et le petit calepin, sa spirale rigide. Des mois qu'il y notait tout. C'était bon désormais, il connaissait les noms des cent quinze chiens du chenil. Tamerlan avait un rond blanc au bas du cou. Ulster aussi, sur l'épaule. La tache marron sur la cuisse arrière de Vidame avait la forme de l'Afrique. Et puis, c'était indéfinissable. Le regard de Sirocco. La voix de Prudence. L'allure de Voyance lorsqu'elle trottinait derrière son cheval. À l'oreille seule, il en reconnaissait déjà la moitié et il savait que bientôt, à la chasse, il découvrirait leur autre voix, celle de la forêt, de la course, de l'engagement, de la fatigue aussi.

Traminot approcha. Il était toujours joyeux. C'était un très bon chien de chasse. Daguet pouvait rentrer dans le chenil à n'importe quelle heure du jour ou de la nuit, Traminot lui faisait la fête. Ulster avait du nez mais il chassait tout et n'importe quoi, un hérisson une fois. Quelqu'un, un jour, avait claqué une portière sur sa queue et il avait dû se faire amputer ; son fouet plus court que celui des autres chiens de la meute le rendait encore plus reconnaissable. Playboy, chien hors norme. Inarrêtable, capable de relever n'importe quel défaut, remettant la chasse sur la voie du cerf en un tournemain, capable de chasser sous le vent même. Après huit heures de chasse, il était le premier le lendemain matin, debout contre la grille. Toujours prêt. Omermos était excellent à l'eau. Viennoise, Vargas, Adulation, Picadore et Uranie étaient des rapprocheurs, particulièrement bons sur les voies hautes. Rageur, Stentor, Ténébreux et Trochure, d'excellents chiens de change ; quand le cerf de chasse décidait de se harder avec des biches ou d'autres cerfs, qu'il s'y frottait pour mélanger les odeurs et perdre les chiens, eux savaient faire le tri pour le faire sortir. Astrakan, comme Acropole, comme Adjudant, détestait les abois. Quand l'heure arrivait, ils se glissaient derrière les chevaux, restaient en arrière. C'était le signe de la fin proche. Les timides, les peureux, les fainéants dont le bonheur est de trotter derrière le cheval sans penser plus que ça à chasser, les chauds, les surexcités qui veulent uniquement faire les cons, les susceptibles, les génies qui ont dans leurs gènes un don naturel, qui savent quand plus personne ne sait rien, quand la voie est perdue, ceux-là ont un cerveau de cerf.

Ces chiens, la maladie, la joie, le désespoir, dans leur regard il y avait tout. Ils étaient sa tribu et Daguet connaissait leurs caractères et leurs exigences. Patiemment, il construisait leur relation. Il était ferme et droit, leur consacrait sa vie, sept jours sur sept, vingt-quatre heures sur vingt-quatre. Il passait avec eux plus de temps qu'avec quiconque. Était mieux avec eux qu'avec n'importe quelle autre personne au monde. Dans l'équipage où il avait été valet de chiens puis second piqueux, il avait plus pleuré pour ses chiens que pour qui que ce soit d'autre. Chaque année, il y avait des pertes. De vieillesse, de crise cardiaque, de crise d'urée, tapé par une voiture ou embroché par un cerf, un jour de chasse. Pendant le brame, les cerfs sont chauds et les chiens volent. Ils leur sautent dessus, les bourrent au sol. Les bois de certains daguets, si longs, sont comme des lames de couteau aiguisées. Optimal s'était fait embrocher comme ça un jour, en plein cœur, par un daguet dont les andouillers mesuraient plus de cinquante centimètres.

Daguet savait qu'il ne pourrait pas éviter tout ça. Et ce n'était pas son but. Il ne voyait pas l'intérêt de se préserver de la souffrance. Il ne voulait rien manquer de cette relation. Il le savait, il lui faudrait trois ou quatre années de travail pour avoir une bonne meute. C'était ça le temps de la vénerie. Un temps long, incertain et fuyant, sans garantie, sinon celle que l'homme n'a qu'un pouvoir limité, gonflé d'orgueil et de certitudes, quand la nature tout entière, quand l'intégralité des êtres et organismes vivants, tranquilles, ignorent et méprisent les choses et délires humains.

Daguet, posté au milieu du chenil, les mains sur les hanches et dans l'une d'elles, un morceau de tuyau jaune pâli par le temps, qu'il préférait au fouet pour taper gentiment sur le nez de ses chiens. Il regarda sa meute et tenta de prendre la mesure de son événement. Il était piqueux désormais, il réalisait son rêve d'enfant. Son nom enfin n'était plus un surnom. C'était bien un nom. Le sien, qui l'emplissait autant qu'il l'effaçait. Peu importe qui il avait été avant, quel enfant, quel fils, avec quel prénom, il était Daguet à présent. Il prenait place dans la lignée de ces piqueux qu'il admirait depuis toujours : La Verdure, Bien-Aller, Vol-au-vent, Piqu'Hardi, La Futaie, Volcelest, La Bruyère…

Il avait longtemps voulu devenir vétérinaire, ou un métier dans le genre. Il adorait les animaux. Les chiens, les chats, les lapins, tout ce qu'on voulait. Il aimait prendre soin des bêtes et il était assez doué. Il y croyait à ça, au fait qu'on est plus ou moins connecté aux animaux. Au fait qu'ils sentent plein de choses que les humains perçoivent peut-être aussi, mais qu'ils ne savent pas décrire, persuadés qu'il n'existe que les mots pour dire.

Et puis, il était tombé dans la chasse. Sa mère avait fait la grimace ; elle avait pour lui, d'autres projets. Un peu de sécurité. Elle rêvait d'un métier où l'on ne risque pas sa vie. Elle aurait aussi aimé venir déjeuner le dimanche, arriver avec un poulet et ne pas retrouver son fils, un tuyau d'arrosage à la main en train de laver les chenils, les yeux cernés de la chasse de la veille, et l'envie, seulement, d'aller se recoucher. Les mères ont souvent des plans qui n'intéressent qu'elles. Elles font ça sans même s'en rendre compte, entre les moments où elles n'ont plus vraiment de mari et pas encore de petits-enfants.

Daguet avait d'autres désirs. Il avait collé des photos de Michael Jordan sur son agenda, sans jamais jouer au basket. Il avait gagné quelques coupes avec le club de foot, dans lesquelles, plus tard, il avait rangé ses capotes, même lorsque sur les murs de sa chambre, il y avait encore des personnages de cirque – tigres qui sautent dans un cercle de feu, clowns qui chutent sur un tonneau en bois. Il n'avait pas vraiment d'amis mais s'entendait bien avec tout le monde. Il était à la fois taiseux et turbulent, sans conversation avec ses parents et ses frères. Toujours sur son vélo, personne ne savait vraiment où, à acheter des bonbons puis à pédaler, pédaler, s'évader, increvable.

Quand il avait eu huit ou neuf ans, son oncle JP avait accepté de l'emmener à la chasse à courre. Ils étaient passés à l'épicerie acheter un morceau de saucisson et du pain. Au rendez-vous, au milieu des veneurs, des chevaux et des chiens, Daguet avait eu le droit de baguenauder. Observer, la tête levée et les mains au fond des poches. C'était ainsi sans doute qu'était né son rêve. Dans cette ambiance de compte à rebours, d'animaux fumants et de voix basses dans le petit matin.

Chaque mercredi, ensuite, JP lui avait permis de s'assoir devant, d'ouvrir et fermer les barrières des chemins autorisés seulement aux détenteurs d'un laissez-passer. Elles étaient lourdes mais Daguet était fort comme on est fort à huit ans d'avoir une casquette sur la tête et le droit de ne pas mettre sa ceinture en voiture.

Il n'avait jamais accroché avec la chasse à tir. Il ne savait pas pourquoi, alors que tous ses frères chassaient, et son père aussi, et ses oncles, tout le monde dans la famille. Il n'aimait pas les fusils, c'était peut-être pour ça. Mais alors pourquoi il n'aimait pas les fusils, ça il ne savait pas bien dire non plus. Peut-être parce qu'il avait le sentiment qu'avec ça dans les mains, on se sent fort, mais pas d'une bonne manière. Avec une dague, évidemment qu'il était puissant comme quelqu'un qui tient une arme, mais le combat lui semblait égal. Tuer avec une dague, ça n'avait rien à voir avec le fait de tuer avec un fusil. Ce n'était pas le même geste, pas le même risque, pas la même distance. On était moins sûr, on était plus vulnérable aussi, armé mais sans armure. Ça pouvait paraître plus cruel à certains, pas à lui.

Daguet avait beau n'avoir que vingt-huit ans, il avait été formé par des anciens. Il aimait ne rien posséder de la science du vivant, que ses analyses d'humain tombent à côté, que la nature lui soit supérieure, définitivement. Tous veulent la domestiquer, la façonner, se disait-il, mais ils régissent le monde avec leurs principes à eux qui ne valent rien. La nature trace sa route et les humains courent derrière en faisant mine de comprendre. Et comme ils ne saisissent pas, jamais, ils cherchent encore, tentent de deviner ce qui leur échappe toujours. Daguet trouvait que c'était bien ainsi. Et quand un cerf le blousait, quand il avait été plus fort qu'eux tous réunis, il savait que celui-ci allait pouvoir transmettre ses gènes, sa combativité, sa ruse, ses ressources. Car l'animal est plus fort que l'homme à la chasse à courre. Son instinct est supérieur, jusqu'au bout, et c'était aussi pour ça que Daguet refusait l'arme à feu. Comme il avait décliné ce poste de « régulateur de la faune sauvage » ; un organisme d'État avait missionné des types pour abattre les animaux sauvages qui envahissaient les espaces des agriculteurs. Il n'y avait plus de règles dès lors. Des snipers, des dératiseurs pour un combat inéquitable, brutal, industriel. Une façon déloyale de porter les coups, puis de dissimuler la mort. Ça, Daguet ne le voulait pas. Lui voulait des chiens dans la forêt qui courent, sentent et crient. Il voulait les soirées et les nuits, les aubes froides, tapi dans l'ombre, perché sur une branche, à observer les cerfs, les écouter bramer. Il voulait les sentir près de lui, leur présence et leur odeur. Il voulait être des leurs presque, penser comme eux, n'avoir peur de rien au point de jeter ses bois dans ceux d'un autre, foncer, ne rien redouter et pousser vers la lune sa gueule chaude afin d'intimer aux autres de reculer, de le laisser roi sur son territoire, obsédé par sa lignée à assurer. C'est ça qu'il voulait. Bomber le torse et lutter pour sa place, d'animal à animal.

Vanneau s'approcha, c'était le meilleur. Il était arrivé au chenil à l'âge de deux ans, Daguet le connaissait par cœur. Il s'était attaché à lui au fil des étés et vacances passés ici à faire les menues tâches et ainsi, tout voir, tout apprendre et ciseler son rêve. Il avait observé son prédécesseur, des heures et des heures, sans trop poser de questions surtout, laissant la transmission se faire dans le silence et l'exemple. Le soir dans son lit, il se repassait le film, imprimait les façons de faire dans son cerveau. La soupe des chiens, l'éducation, le marquage, le nettoyage des différentes cours, les mises bas. Tout. Saison après saison, il avait pris de plus en plus de place et de décisions, même quand il était second piqueux ailleurs. Il savait que cette meute d'aujourd'hui était un peu la sienne. D'une certaine manière, elle lui ressemblait déjà. Des chiens exigeants, difficiles à arrêter, qui n'écoutaient que lui. Il ne les avait pas conditionnés pour qu'il y ait du monde dans leur chenil. C'était chez eux, pas une place pour les humains. Même lui, lorsqu'il y pénétrait, ces chiens doux, adorables, le mettaient aux abois et il devait alors les mettre aux ordres. Redire, sans aucun acquis jamais, qu'il était leur chef. L'autorité imposait une vigilance permanente. Comme l'harmonie est un ouvrage qui se travaille à chaque instant, elle était une leçon continue. Un placement incessant, des pas que chacun fait vers l'autre, des espaces concédés.

Au milieu des chiens, Daguet avait sa place. Il l'avait trouvée mais il lui restait à la défendre. Il ne savait pas combien de temps on lui laisserait pour faire tourner cet équipage. Il avait tout à prouver. Le Rallye Bellecroix avait fait une mauvaise saison l'année passée. Daguet avait été recruté pour rétablir la meute et redonner ses lettres de noblesse à l'association séculaire. Il devait prendre des cerfs, il le savait. C'était ainsi et il le souhaitait lui aussi. Mais c'était une pression, parce qu'il fallait du temps, que l'efficacité d'une meute et la vitalité d'un équipage demandaient des années, quel que soit le travail accompli chaque jour au chenil. Lui n'était pas venu tenir un tableau de comptes. Il voulait construire une meute équilibrée et solide, avec des chiens joyeux, sérieux, impliqués.

Et puis, il y avait tous ceux qui formaient l'équipage et qu'il ne maîtrisait pas – les différents membres : boutons, gilets, épingles, les suiveurs, tous ceux qui, même de loin, participaient à l'ambiance et à l'état d'esprit. Tout était fragile et sa bonne volonté, son expérience, comme celles de ses chiens, ne suffiraient pas nécessairement. S'il n'était pas à la hauteur, il n'aurait peut-être pas de deuxième chance, il devrait quitter ses chiens, ses chevaux et cette forêt où il était si heureux d'être revenu.

Alors, il allait consacrer tout son temps à sa meute, y mettre toute son énergie. Il serait seul, il serait avec ses chiens uniquement, il parlerait leur langage, vivrait avec eux. Loin des autres, de leurs causeries. Il serait là, ses bottes en caoutchouc qui sentent l'urine, les mains sur le feu pour faire bouillir les gamelles. Sans besoin de parler encore et encore. Juste, il serait là, à faire ce qu'il avait à faire. Il ne savait pas bien comment être un homme parmi les hommes. Alors, il deviendrait un chien. Il serait avec eux partout, tout le temps, il les mènerait, il serait devant. Il serait cet homme devenu chien. Et ce chien qui cherche à être cerf.

– Derrière ! lança-t-il.

Les chiens allaient et venaient dans un mouvement mystérieux ; certains s'approchaient, le sentaient, d'autres reculaient et libéraient l'espace autour de lui. C'était une ronde désordonnée qui lui permettait d'avancer.

– Derrière ! répéta-t-il un peu plus fort en tapant vaguement sur les museaux avec son bout de tuyau, le sourire aux lèvres. Il préférait le temps et la douceur. La fureur, il le savait, venait bien assez tôt.

Florence tenait ses gestes de sa mère. Dans sa main, le pistolet semblait moulé à sa forme. L'idée que cela soit l'inverse, son corps façonné par les répétitions et le temps, lui traversa l'esprit. Sur la surface des plans de travail, elle faisait des mouvements circulaires et efficaces. D'une extrême précision. Frotter, essuyer, contourner les objets, rincer, passer l'éponge une dernière fois. Enfin sécher vigoureusement, d'un coup de torchon s'espérant désinvolte. La négligence feinte ne trompait personne et Florence avait envie de cracher au sol. Son quotidien était un ballet usé, millimétré et sans surprise, dont la permanence avait achevé d'éroder sa vie.

Elle disposa l'éponge jaune pâle à la verticale, contre la crédence de la cuisine. Calée à la parallèle de celle, jaune d'un côté et d'un vert rugueux de l'autre, qui servait pour la vaisselle. Uniquement pour la vaisselle, c'était capital. Les règles établies pour museler l'initiative sont définitives. Sous l'évier, alignées : l'éponge rose pour les toilettes, une bleue quasi intacte pour les taches au sol, la crasse sur la semelle des chaussures. Celle, inégalement noircie, qui servait à nettoyer la vitre de l'insert, l'hiver. Enfin, celle en inox pour le fond des casseroles.

Chaque matin, Florence commençait par le ménage. Aérer, débarrasser la table du petit déjeuner, remplir le lave-vaisselle et nettoyer les couteaux qu'elle préférait laver à la main pour ne pas endommager le manche en bois au fil du temps. Rien d'autre ; elle ne se serait jamais couchée la veille en laissant de la vaisselle sale traîner dans l'évier. Après, passer un coup d'aspirateur, puis laver la gamelle du chat posée sur un petit tapis blanc et jaune, arrondi aux angles, imprimé d'un motif qui ressemblait grossièrement à des vagues. Il y avait le même dans les toilettes pour que, sur le carrelage blanc, le produit nettoyant, d'un vert presque fluo, ne laisse pas de traces, et la brosse à WC, des gouttelettes un peu honteuses.

Le rez-de-chaussée au cordeau, Florence entreprit de s'occuper de l'étage : le lit, le linge dans la panière imitation bambou, la brosse à dents électrique qui traînait à côté d'un verre maculé de traces de dentifrice délayé d'eau, puis la couette à secouer, les oreillers à retaper et le tout à border serré parce que Brice adorait se glisser dans un lit fait, comme fraîchement renouvelé.

Florence essaya de chantonner pour se donner de l'élan. Elle ne savait pas si elle aimait que tout soit au carré ou s'il y avait là une façon, la seule peut-être, de se rendre utile, à faire ce que l'autre ne sait pas faire, ne veut pas faire, ne fait pas. Ce n'était pas une passion, clairement. Tout bien considéré, elle n'avait même aucun goût pour cette propreté convenue et cette décoration neutralisée. Tout était à sa place, dans un immobilisme assez terrifiant. Une vie javellisée à gerber, finit-elle par se dire. Seules les éponges apportaient un peu de couleurs.

8 h 28 : SMS de Virginie. Le même chaque lundi : « Salut ma belle. Je passe te prendre demain ? » Avec un smiley qui, lui, variait d'une fois sur l'autre. Mais toujours avec des cœurs.

Florence accompagnait Virginie à ses séances de rééducation

périnéale depuis bientôt un mois. Les deux amies avaient décidé ça, un samedi soir, pendant que les gars palabraient dans le salon, au sujet du poêle et de l'augmentation honteuse du prix des granulés. Nico, le mari de Virginie, disait « pellets » d'un air de s'y connaître.

Virginie, le babyphone accroché à la ceinture du pantalon de grossesse que les kilos pris ces neuf derniers mois ne lui permettaient pas encore d'abandonner, avait glissé les assiettes dans le lave-vaisselle, sans les avoir rincées, de la nourriture encore collée dessus. Et Florence avait envié le côté je-m'en-foutiste de son amie, apparu en même temps que les enfants, selon un ordre des priorités complètement bouleversé. Elle n'en était pas là. Rien ne lui permettait de justifier de ne pas *cleaner* la maison après le passage des invités, de ne pas laver les sols une fois par semaine, de faire une lessive de couleurs le mardi et une de blanc le jeudi, son épilation du maillot toutes les deux semaines et ses mèches tous les deux mois. Elle n'avait aucun alibi au relâchement de la tenue de son intérieur, même si Brice ne lui reprochait jamais rien. Sa mère, elle, avait la parole leste côté commentaires. Mieux valait tenir son foyer, en digne héritière des bonnes manières.

Chaque jeudi matin, après avoir laissé les deux premiers à l'école, Virginie et Florence filaient donc en voiture jusqu'à la maison de santé. Pendant que Virginie s'évertuait de visualiser un œuf remontant le long de son vagin, les doigts gantés de la sage-femme glissés en elle, Florence emmenait le petit dernier dans le cosy. Assommé par son biberon, il ne bougeait quasiment pas pendant la demi-heure que durait la séance, et Florence pouvait patienter tranquillement au bar. C'était son moment à elle durant lequel elle s'imaginait autre et ailleurs. Tout, pourvu que ça soit loin d'ici. Elle renouait avec ses rêves d'enfant et ses ambitions d'adolescente, avant les désillusions nées de son amourette avec un gars du coin, gentil, partant pour tout, mais sûrement pas pour quitter le village où il avait grandi et tous ses repères.

Au bistrot, Florence commandait un café, elle n'en buvait jamais habituellement. Là, la tasse blanche minimaliste, l'anse microscopique, la soucoupe et l'indétrônable spéculoos, les deux demi-morceaux de sucre emballés, c'était Versailles, Venise, les aéroports, les téléphones vissés à l'oreille, les doigts qui courent vite sur les claviers, les cartes postales, l'exotisme des verres à cocktail, Martini blanc, olive verte.

Les jambes croisées, elle tentait à la fois d'ignorer ce petit à garder qui contraignait sa liberté, et les voix dans sa tête qui lui soufflaient à quel point elle faisait pitié, à quel point elle était risible de s'imaginer grande voyageuse, tout arrimée qu'elle était à sa chaise, sa ville, son couple. Échouée là, Florence avait rogné l'intégralité des projets qu'elle avait échafaudés avec Virginie, portées par leur adolescence conquérante, bien décidées à partir et, sans humilité, à faire sauter ce qu'elles appelaient, le système.

Souvent, surtout en début d'après-midi, à l'heure du feuilleton, Florence se disait qu'elle aimerait être ailleurs et faire autre chose, mais où et quoi ? Elle attendait son tour et des jours meilleurs. Elle essayait de calmer le feu en elle, qui pouvait la rendre mauvaise. Ça lui traversait l'esprit parfois de reprendre un travail, elle avait vingt-sept ans seulement. Mais bon, refaire des heures, encore et encore, des ménages, des soins, récurer les vies des autres, les cages des animaux, les lits des vieux, les couloirs des écoles où l'on enferme les enfants. Faire des heures tôt le matin et tard le soir, à chaque fois quand personne n'est là surtout. Ces heures qu'elle avait faites et qui avaient défait sa vie, à morceler ses journées sans qu'elle y trouve jamais son compte. Dans aucun domaine, ni social ni financier.

Avec Brice, ils avaient décidé que ça ne valait pas le coup qu'elle continue. Lui ne gagnait pas des mille et des cents avec sa place de cuisinier à la crêperie, mais il avait la sécurité de l'emploi, en dépit des horaires compliqués. Il tenait à assurer ; il était de la vieille école sur le sujet. Corseté par des coutumes patriarcales et des héritages difficiles à déboulonner. Non pas qu'il ne veuille pas que Florence travaille, mais il avait pesé le pour et le contre, chaque matin dans la voiture en allant au boulot, et il lui semblait que c'était la meilleure solution. Pas idéale mais fidèle à un modèle connu, confortable et rassurant. Et puis, ça laisserait à Florence toute la tranquillité nécessaire pour devenir maman un jour.

Pour arrondir les fins de mois, il effectuait des menus travaux, à droite à gauche, qui lui demandaient de quitter la maison dès 7 heures du matin, histoire d'avoir le temps d'avancer sur ses petits chantiers avant d'embaucher au resto. Ça lui faisait de grosses journées et laissait Florence à sa solitude entre deux eaux et ses incertitudes toujours plus crasses, d'autant plus visqueuses que l'enfant que Brice espérait tant voir prendre sa place dans son ventre n'arrivait pas. Elle avait tout accepté, ses rêves remisés depuis un bon moment déjà, depuis le jour où elle avait signé ses premiers contrats intérimaires et senti l'étau se resserrer sur elle. L'horizon plus lointain, les perspectives chaque jour de plus en plus étroites.

Elle n'imaginait pas se plaindre. Brice rapportait chaque jour des restes de la crêperie, ce qui lui évitait de consacrer du temps à la cuisine et aux courses, sans parler des économies. Il y avait un peu de route entre la maison et le restaurant. Au prix de l'essence, ça comptait, mais Florence ne travaillant pas et sortant peu, le calcul était vite fait.

Et puis ils avaient un beau pavillon tout neuf, qu'ils avaient attendu longtemps parce que les promoteurs sont toujours pressés de signer et jamais de réaliser. À l'entrée du lotissement, un grand panneau que le soleil avait délavé annonçait : *Terrains viabilisés*. Les parcelles déjà vendues étaient barrées d'une croix rouge. Une mention indiquait : *Plus que trois terrains !* Ceux au bout de l'impasse, dans la raquette, et dont personne ne voulait parce que tout le monde y faisait son demi-tour, à pied ou en voiture, pour éviter une manœuvre et en profiter pour voir comment les voisins avaient aménagé, devant la maison, le jardin, le portail, la boîte aux lettres, tous ces indices qui en disaient long sur le train de vie. Une façon d'afficher ses goûts sans ouvrir sa porte ni organiser d'apéro dînatoire. Si vous étiez un passionné des décorations de Noël, vous étiez bon pour voir défiler tout le bled devant chez vous, curieux, envieux et désireux de grappiller gratos quelques étoiles à mettre dans les yeux des gamins, sans se ruiner ni perdre son temps à écluser les rayons de la jardinerie locale qui vendait à prix d'or des guirlandes lumineuses à cinq rythmes de clignotement.

Florence n'avait encore jamais eu à se coltiner la corvée de Noël puisque l'enfant ne venait pas. Mais combien de fois sa mère l'avait-elle emmenée, petite, au marché de Noël, à cette époque où la déco des sapins n'obéissait à aucune règle de bon goût – guirlandes roses, vertes, bleu électrique, boules dorées, argentées, rouges avec un motif de flocon en surépaisseur blanche, comme de la neige, papier kraft imitation roche pour cacher le pied de l'arbre. Après les courses, avec son père qui avait attendu dans la voiture, ils allaient au Buffalo Grill. Et Florence, forcée d'avaler la salade verte offerte en entrée, s'enfilait ensuite un steak haché avec des frites. Après, elle filait à l'étage, sa mère sur les talons, pour passer aux toilettes avant de rentrer. Elle en profitait pour quémander un tour de rodéo, juste un, sur le petit cheval en plastique, puis réclamait une pièce pour la machine à grappins. Histoire d'essayer de gagner la mascotte du restaurant. Parfois, le samedi soir, des nanas passablement saoules célébraient un enterrement de vie de jeune fille, affublées d'un faux chapeau de cow-girl, de fausses santiags. Et le petit cheval réservé aux enfants supportait alors leurs fesses et leurs tentatives de se prendre en photo toutes ensemble, ce qu'elles finiraient par demander en le tutoyant à un type parti pisser, ou à une serveuse. Un cliché mal cadré qui ressortirait peut-être en magnet le jour du mariage, *a minima* dans un diaporama.

Florence n'avait pas que des mauvais souvenirs de cette période, fille unique, ni ignorée ni adulée. Le sentiment flottant d'être en trop au milieu d'un couple autant que d'en être le seul ciment. Il n'y avait que des photos d'elle sur les murs et elle comprendrait en grandissant à quel point elle avait été l'épicentre de leur vie. Jusqu'à ce que débarque un petit frère imprévu. Une faille de stérilet qui avait suscité, pour ses parents, à quarante ans passés, des questions existentielles néanmoins vite rabattues. Ici, on ne tue pas les enfants, on ne tue personne, on ne tue pas. On suit le mouvement, on ne fait pas de vagues, surtout pas. On accepte ce qui se présente, on n'imagine pas faire autrement. Décider, choisir, et puis quoi encore. Pourquoi pas se rebeller, vivre à contre-courant tant qu'on y est, pour finir par voter différemment de ses parents, ça va pas la tête.

Il avait fallu annoncer la nouvelle, honteusement presque. Attendre un enfant à leur âge, c'était ouvrir en grand la porte de la chambre à coucher. Preuve était faite que les Vigault avaient encore une vie sexuelle. Timide comme une vierge surprise en pleins ébats, Martine s'était contentée d'annoncer la nouvelle d'une petite voix à peine audible, quand Michel, lui, omettait carrément d'en parler. Ça se verrait tout seul, pas la peine d'en faire des caisses.

À vingt ans, Florence s'était donc vu gratifiée d'un petit frère avec lequel elle vivrait à peine, qui aurait tous les droits qu'elle n'avait jamais eus, ferait des caprices, récupérerait sa chambre et remplacerait petit à petit ses photos sur les murs de la salle à manger. Sébastien n'était pas foncièrement un vilain gamin mais pas un adorable frangin non plus. Ils ne savaient pas quoi se dire, ne partageant pas les mêmes occupations ni la même époque. Encore moins les mêmes parents.

Le ménage et le rangement emmenèrent tranquillement Florence jusqu'à dix heures. Elle enclencha l'étape de la douche, inconsciente de ce que le monde avait déjà fourni d'efforts à cette heure-ci du jour. Dans la salle de bains, elle fit les mêmes gestes qu'elle imprimait invariablement, sans jamais se questionner, mais ruminant intérieurement sa peine d'une vie à ce point calée. Sa routine la protégeait de tout, des impondérables, des risques, et même de la joie que procurent pourtant les variations.

Elle accrocha son peignoir gris clair à la patère de gauche, glissa ses chaussons à côté de la balance – ceux qu'elle ne quittait plus, parce que pourquoi porter des chaussures à l'intérieur ? Elle se pesa sans vraiment regarder les chiffres sur le petit écran, consciente que le meilleur indicateur restait ses jeans. Son poids fluctuait en permanence, selon les menus de la crêperie.

Ensuite, elle prit une douche rapide, se forçant à ne penser à rien. Et ce fut là, malgré ses efforts pour y échapper, que les moulins dans son esprit commencèrent à la ligoter avec leurs questions. Ils étaient diaboliques. À leur traîne, les doutes poisseux qu'elle s'efforçait en vain d'endiguer, la main dans le gant de toilette. En se brossant les dents, en attachant ses cheveux, en s'habillant, la journée entière, elle devrait lutter.

Il lui faudrait attendre que Brice arrive, vers 23 h 30, pour que les voix cessent un peu. Qu'elle trouve dans l'amour sécurisant qu'ils partageaient, une forme de consolation. Tout ça, c'était pour ça. Pour vivre ensemble, avoir une maison, l'espoir de bons week-ends avec quelques amis, et deux semaines de vacances l'été, à la mer si tout allait bien. Il y avait une raison finalement. Sans doute.

Ce soir-là, malgré ses efforts, lorsque Florence acheva de regarder l'épisode de sa série et rejoignit au lit un Brice qui dormait déjà depuis un moment, le tison de ses doutes s'enflamma et l'empêcha de trouver le repos. Elle essaya de penser aux vacances, au mariage de sa cousine dans deux mois, mais les perspectives étaient trop lointaines, impossibles à atteindre. Elle essaya autre chose : le dîner à venir chez Virginie et Nicolas, le prochain épisode de sa série. Sans succès. Elle serra fort alors les paupières pour broyer les images sous elles, enfonça des bouchons d'oreilles, compta, compta et recompta en espérant sombrer. Mais elle savait qu'ainsi, elle lançait un compte à rebours capable de tout faire exploser. Elle le savait mieux que quiconque, mais compta quand même, priant pour qu'avant la déflagration, le sommeil l'ait anesthésiée. Ou souhaitant secrètement que la mèche enflammée fasse tout sauter.

La chaleur tapait déjà. D'habitude, les chiens étaient tous à la grille lorsque Daguet se dirigeait vers eux. Là, une trentaine d'entre eux était collée le long du mur, au fond du chenil. Quand il poussa la porte, ceux qui dormaient se levèrent et allèrent rejoindre les autres le long du mur. Certains tremblaient. C'était anormal, il le savait. Au fur et à mesure de sa progression, les chiens s'écartèrent et il le vit alors. Les bagarres les plus sourdes étaient les pires, les plus violentes.

Ils l'avaient bouffé. Son cou, une partie de son épaule, la cuisse avant droite. Ils l'avaient saigné. Il y en avait certains dans le lot, qui aimaient ça. Les autres suivaient, sans méchanceté et sans volonté, par mimétisme, rattrapés par leurs gènes. La hiérarchie était naturelle, impossible à faire tomber.

Daguet sentit la peine fourmiller au bout de ses doigts. Il savait qu'il n'y avait rien à comprendre, rien à se reprocher, que c'était une loi parmi d'autres, dans un monde auquel il était autorisé à participer, qu'il régentait dans une certaine mesure et dont il assurait une partie de la survie, mais duquel il restait malgré tout à la marge, impuissant à bien des égards. Et c'était ainsi que c'était parfait. Il hissa le corps du chien dans la brouette et l'emmena jusqu'au four. Il réprima un haut-le-cœur et glissa l'animal à l'intérieur. Sans cérémonie, il alluma le feu et tourna le dos. Il était temps pour lui de marquer les chiens pour l'ouverture de la saison mi-septembre.

Cette fois-ci, il avait prévu le pochoir et de la fleur de soufre pour imprimer la forme avant de l'attaquer aux ciseaux. Il n'avait pas vraiment besoin de tout cet attirail, mais c'était sa façon à lui de célébrer sa première fois en tant que piqueux. Les traditions se perpétuaient ou se perdaient, ce n'était pas beaucoup plus compliqué que cela.

Il sortit Virgule pour commencer. Elle était sereine et tranquille, elle montrerait l'exemple. Il la caressa puis lui passa un collier et l'attacha à la grille. Il la caressa encore – tous ne seraient pas traités avec autant d'égards, il faudrait tenir le rythme pour marquer une douzaine de chiens chaque jour d'ici le début de la saison.

Sur le flanc droit de la chienne, entre la deuxième et la troisième côte, à hauteur d'œil, il disposa le pochoir et traça la lettre avec la poudre. Un « B », l'initiale de l'équipage. Le Rallye Bellecroix, du nom de la famille fondatrice, en 1870.

Agenouillé à côté de Virgule, Daguet plaça sa main droite sur le dos de la chienne. Son coude reposait sur sa tête. Il la sentait, fébrile et confiante. De sa main gauche, il approcha les petits ciseaux et débuta son marquage, coupant les poils selon la forme. La barre verticale du B, droite, nette. Les deux arrondis ensuite, celui du bas plus gros. L'équilibre devait être parfait. Les empattements sur la gauche de la lettre donnaient à l'ensemble une élégance dont Daguet se félicita.

Il entama les retouches. Il était précis, voulait que ses chiens soient irréprochables. Les poils marron et blonds de la chienne se dispersèrent sur son jean et sur le sol en béton. Là où ils avaient été coupés, la peau marron de la chienne, presque grise, apparaissait. Il se recula et contempla. Il était content de lui. Il voulait le même résultat pour les cent quatorze autres chiens.

Avant de la rentrer au chenil, il s'attela à tondre le fouet de la chienne puis à couper ses ongles. Il faudrait le refaire avant la première chasse pour les chiens qu'il aurait choisis. Il voulait que tout ce qui pouvait être maîtrisé le soit. La vénerie est une incertitude, une pratique hasardeuse où les intelligences et les instincts s'affrontent. La météo, la forme des chiens, la ruse de l'animal chassé, le nombre de chevaux, de cavaliers, de suiveurs en voiture, à vélo, tout influait sur le cours des choses. L'humilité restait la seule voie possible, Daguet en était sûr. Il l'avait appris, l'avait éprouvé. Une saison de chasse se prépare des années à l'avance, elle est un travail de l'ombre, besogneux, discret, simple et modeste. La chasse, elle, se vit au présent, dans l'instant, dans un choix, un événement. Elle ne souffre aucune confiance excessive. Elle exige de prendre sa place, celle du meneur qui guide et accompagne, et celle, étroite et modeste, de celui qui sait l'intelligence du cerf, son endurance et sa pugnacité.

Chaque soir, chaque nuit, depuis des années, il tentait d'approcher, de borner le sens de sa passion. Elle était complexe et pourtant, elle s'imposait à lui dans une simplicité totale qui lui permettait de se sentir, pleinement et sûrement, à sa juste place. Ce n'était pas les cinquante chasses de l'année qui ordonnaient son métier. Daguet était là pour tous les autres jours, pour les matins froids au chenil, pour les réveils nocturnes des chiens à séparer ou les biberons à donner à une portée abandonnée, pour les gamelles de nourriture à préparer, les soins à apporter, les sorties à cheval, le travail des chiens afin qu'ils écoutent sa voix, répondent aux ordres. C'était cette vie du chenil, tous les jours de l'année, qui lui importait.

Alors, il le savait, il devrait prendre sur lui, encore, pour composer avec ces mariolles sur leurs chevaux, arrivés tout droit de leurs villes, bourrés de certitudes, même s'ils n'avaient jamais mis les pieds dans un chenil, ne connaissaient pas le nom du moindre chien, suivaient une chasse comme lui aurait analysé les cours de la Bourse. La vie les rassemblait deux fois par semaine, mais leurs mondes étaient différents et Daguet se sentait tellement loin d'eux. Des mascarades auxquelles ses patrons auraient aimé qu'il participe. Le piqueux sur son cheval, sa tenue uniforme, comme une robe d'avocat, son cheval fumant entre les jambes, sa dague à la ceinture, sa trompe lustrée autour du buste, et ses chiens, qui répondent à sa voix, le suivent, cherchent avec lui où aller, quoi faire. Lorsqu'il remontait les grandes allées de la forêt, dans un trot hâtif, sa meute derrière lui, l'image était belle, mais Daguet n'était pas là pour la photographie. Il avait les yeux rivés sur ses chiens, sur leurs indices, leurs façons de sentir, d'aboyer, de le guider lui. Il était avec eux, pleinement, totalement imprégné de leurs mouvements, de leurs signes. Il faisait corps avec eux, tentant d'oublier le monde autour, tentant d'apercevoir, dans une allée, un layon, la silhouette de l'animal de chasse. Ce n'était pas un jeu, pas un spectacle, c'était un travail, une attention parfaite qui vous imposait votre place, minuscule cavalier dans l'immensité de la forêt, faux malin face à des animaux qui en savent considérablement plus. Daguet avait des objectifs à atteindre, des patrons à satisfaire. Il connaissait son rôle et ce qu'on attendait de lui. Il bossait dur pour être à la hauteur des attentes. Mais sa satisfaction, il savait qu'elle était là, dans le regard de Virgule, de Tempête, Voyance, Vargas et Vanneau.

Il alluma la tondeuse à main et saisit la queue de la chienne. Un coup en dessous, un de chaque côté, la pointe. Voilà, elle avait le fouet propre, il était satisfait. Virgule leva la tête vers lui, de cet air morose qu'ont parfois les animaux. Il la rentra dans le chenil et passa le collier à Opium qui s'approcha de lui d'un pas nonchalant.

– Daguet !

Le piqueux n'avait pas entendu tout de suite, avec le bruit de la tondeuse et la radio en fond. Le maître d'équipage semblait être arrivé sur la pointe des pieds. Le sable de la cour avait déjà blanchi le bout de ses chaussures vernies. Pierre-Étienne de Bellecroix était expert immobilier. Il vivait à Paris la plupart du temps, mais chaque samedi, il était à la chasse ici. Là où sa famille avait un petit château, précieux et délabré. Son fils aîné, Amaury, prothésiste dentaire, était quant à lui présent le mercredi.

Daguet arrêta tout et se releva pour serrer la main de son patron. En sa présence, il était toujours un peu tendu ; son cerveau passait en revue ce qu'il aurait pu négliger, ce qui pourrait devenir matière à reproches. Il n'aimait pas cet état. Cette relation qui le faisait se sentir comme un enfant. L'ascendance était réelle mais en prendre conscience, par tout un tas de détails, était insupportable. Les vêtements, l'emploi du temps, la voix, le vocabulaire, le véhicule, tout racontait cette différence de classe à laquelle chacun consentait, impuissant d'une part, conscient d'une autre de ce que chacun avait à y gagner, dans un besoin réciproque évident.

Avec Amaury, Daguet n'avait pas du tout la même sensation.

Le fils était intransigeant comme sa famille attendait qu'il le soit, mais souple aussi. Il parlait avec Daguet des chiens, des projets de reproduction. Quelle chienne avec quel chien pour espérer tel caractère, telles qualités pour étayer la meute. Ensemble, ils évoquaient les travaux à faire, les investissements à prévoir. Ils parlaient des membres de l'équipage, cherchant à déceler les jeux de dupes et les fourberies. Souvent, ils partageaient un verre au chenil. Et si Daguet n'oubliait pas à qui il avait affaire, cela ne l'empêchait pas de trouver ces moments-là conviviaux et respectueux. Il avait le sentiment d'échanger avec un ami.

Écoutant Pierre-Étienne commenter l'état de forme des chiens étalés dans la cour d'ébats, Daguet aperçut, remontant l'allée du chenil, Diane, la fille cadette du maître d'équipage. La jeune femme avait le teint bronzé et les cheveux plus blonds que jamais. Elle rentrait tout juste d'Espagne. Il le savait, ils s'étaient envoyés pas mal de messages ces derniers temps. Qu'il soit le piqueux, désormais, pourrait changer quelque chose à leur relation. Le risque était différent, ils seraient sans doute moins libres qu'avant lorsqu'il n'était qu'un suiveur fidèle, le jeune qui attendait son heure en faisant ses armes dans un autre équipage.

Ils se retrouvaient de temps en temps, depuis plusieurs années maintenant, sans aucune promesse. La première fois qu'ils avaient couché ensemble avait été brutale et inattendue, pendant un concours de trompes, dans l'euphorie de la fête, avec en fond sonore, les fanfares qui résonnaient. Leurs corps s'étaient mêlés comme les verres qui circulaient au-dessus des tables. Il lui avait envoyé plusieurs messages ensuite, auxquels elle n'avait pas répondu. Elle pensait que les relations n'étaient que des jeux de pouvoir et elle voulait exercer le sien. Elle voulait être celle qui tient les rênes, qui impose le rythme. Elle ne venait pas tous les week-ends, suivait une dizaine de chasses par an, rarement plus. Mais à chaque fois qu'elle venait, ils se rejoignaient quelque part. Ce qu'il y avait entre eux était difficile à cerner, une forme de fidélité singulière, un attachement sincère, sans projection et sans obligation. Diane aimait savoir qu'elle n'aurait jamais aucune peine à le retrouver, qu'il lui était comme dédié, quelle que soit la fréquence de ses retours au château. Lui s'adaptait, de bonne grâce, sachant ce qu'il avait à y trouver.

– Bon, bon, bon. Comment ça se présente Daguet ?

– Bien, monsieur. Je prépare les chiens. Je les sors à cheval trois fois par semaine. Ils écoutent bien. Il faudra voir à la chasse, avec le monde et l'excitation.

Il sentit comme Diane l'écoutait. Elle caressait Opium, prenait sa tête entre ses mains comme si elle allait l'embrasser sur la truffe. Daguet vit à quel point ses jambes étaient bronzées aussi et il dut faire un effort titanesque pour rester concentré sur la conversation, que le désir n'emplisse pas sa voix.

Diane ne disait pas un mot, ni à son père ni à Daguet. Elle se tenait là, avec la fière assurance de tout ce qu'elle était. Bardée des certitudes de sa beauté, et de celles de ses origines. Daguet pensait n'avoir jamais vu la moindre trace de doute chez elle. À la fois arrogante et chancelante, elle obtenait tout ce qu'elle désirait, par la force ou la minauderie. Elle savait s'adapter à sa cible. Il l'aurait bien vue avocate, de celles dont la vocation est nourrie par le besoin d'avoir raison plus que de rendre la justice. Mais elle faisait carrière dans une entreprise dont il était bien incapable de se souvenir du nom, comme il n'avait jamais mémorisé celui de sa grande école de commerce. Des mondes qui lui semblaient tellement loin du sien, jamais enviables. Ils n'en parlaient quasiment pas. Il savait qu'elle faisait beaucoup la fête, qu'elle avait de nombreuses conquêtes et il ne s'en formalisait pas. Ils étaient libres.

À la voir aujourd'hui dans la cour du chenil, l'idée qu'ils puissent former un vrai couple lui traversa un instant l'esprit.

– Prudence. Comment va la plaie de Prudence ? Elle s'est remise ?

Daguet ne laissa rien paraître de son trouble.

– Elle va mieux, oui. Je l'ai mise à l'écart, le temps que ça cicatrise. Ça devrait aller.

– Bon, bon, bon, répéta une nouvelle fois son patron.

Son sourire s'étendit faussement sous son nez busqué, dont Daguet distingua quelques poils noirs et blancs qui sortaient. Le maître d'équipage ajusta son chapeau. Ses silences imprimaient le rythme de la conversation. Daguet se dit qu'il devait crever de chaud dans son pantalon en velours. D'un signe de tête, le maître d'équipage signifia à son piqueux qu'il en avait fini, et les deux hommes se détournèrent l'un de l'autre.

Trottinant à la suite de son père, Diane se retourna et, avec ses pouces, mima à Daguet qu'elle allait lui envoyer un message. Bientôt, se retrouver. Il tardait au piqueux de poser les mains sur cette peau dorée qui le narguait. Il imagina ce qu'ils feraient, où, comment, avec toute la ferveur des corps sans attache. Diane, sans aucun doute, jouerait de la situation. Elle ferait de lui son dévoué. Lui accepterait de bon cœur, profondément en elle mais ailleurs déjà, tendu vers cette autre conquête qui lui prenait tout son temps et portait tous ses désirs.

Rien ne circulait dans l'air. Lourd autour de Florence, lourd et chaud, pesant sur le toit de la 205 immobile, et que les voitures qui passaient semblaient peiner à pénétrer. Après quelques heures de sommeil, elle alla piocher sans conviction quelques affaires dans le coffre. De quoi se laver – un savon, une serviette de toilette, une brosse à dents et du dentifrice. Elle laissa la brosse à cheveux et le téléphone. Prit une assiette en plastique datant des dernières vacances au camping, les couverts choisis au hasard dans le tiroir en partant. Une gourde. Le duvet aussi ; même roulé, il prenait énormément de place mais elle ne se voyait pas s'en passer. Dans son sac, elle fourra autant de vêtements que possible. Quelques minutes, elle envisagea de trouver un de ces magasins de sport en bordure de ville. Elle pourrait y acheter un grand sac à dos, une tente, peut-être même des bâtons de marche, de bonnes chaussures. Mais elle n'était pas une randonneuse. Elle n'était pas sur la route pour le plaisir, pour les paysages, pour atteindre une destination où elle s'arrêterait et s'estimerait satisfaite. Elle y était comme quand on n'a pas d'autre choix. Elle n'avait pas de plan. Pas de point sur la carte.

Sous le soleil estival, elle se familiarisa doucement avec sa marche. Au fil des jours et des villages, elle finit par perdre le compte des commerces fermés, des panneaux « À vendre », des façades grossièrement passées au blanc d'Espagne pour dissimuler, mal, leur état d'abandon. En entrant dans un autre de ces bourgs laissés-pour-compte, elle sentit les larmes lui monter aux yeux, une nostalgie qu'elle ne comprenait pas bien.

Breillaire. Village fleuri : un macaron. Village ami des enfants. Village prudent. Village voisins vigilants et solidaires. Sur le mur d'une maison, en grandes lettres décolorées, Florence lut : « Connaissez-vous les sablés de Breillaire ? » Accroché à un poteau avec de la ficelle bleue agricole, un panonceau annonçait un cirque préhistorique. Il y avait une photo de dinosaure, et cette légende : « Parcours sous-bois idéal les jours de chaleur pic nic autorisé sur le parking nurserie de dinosaures. » Sur un pont, trois jeunes habillés en noir, bien trop chaudement pour une journée comme celle-ci, fumaient et s'ignoraient tranquillement. Elle se demanda dans quelle mesure avoir le regard penché sur leur téléphone ne les sauverait peut-être pas ? Étaient-ils mieux avant, le nez levé ? Pour voir quoi ? Les pochetrons du bar-tabac-presse-dépôt-de-pain-agence postale, la façade grise du pressing, les guêpes agglutinées sur les viennoiseries dans la vitrine de la boulangerie ? Et toutes ces portes closes.

Dans l'herbe, entre quelques pierres plates disposées en quinconce, derrière un portail en aluminium gris, Florence vit des fleurs. Des pétunias, se dit-elle. Sa mère en plantait avant qu'il y en ait sur sa tombe. Des pétunias rose et blanc. Elle sentit une rage l'emplir, chauffer son sternum. Des pétunias, bordel. Des petites fleurs sans prétention, c'est ça, sans prétention. Des petites fleurs qui ont peur qu'on les déteste, qui ne prennent pas trop de place, qui s'excusent d'être là. Des pétunias pour dire pardon, pour apporter des touches de couleurs au milieu de rien.

Sur le trottoir d'en face, une jeune femme avec une poussette avançait sans rythme, ajoutant la fumée de sa cigarette à l'air chaud. Le gamin dormait, bras et jambes écartés, la tête tournée sur le côté, une tétine inutile dans la bouche. Florence détourna le regard ; elle avait déjà vu tout ça. Le téléphone posé sur la capote de la poussette, qui crachait une musique semblable au bruit du grésil sur la tôle. Et puis l'air mauvais et triste qui disait à la fois lâche-moi et sauve-moi.

Florence pensa à Virginie. Son amie qui devait la chercher, laisser des messages et des messages sur sa boîte vocale, harceler Brice de ses appels. « Mais enfin, tu ne sais pas, toi, où elle peut être ? » Virginie était son amie depuis l'enfance. Une bonne poire, ni sotte ni soumise, mais toujours enjouée, enthousiaste de nature. Virginie voulait bien tout. Partir, rester, refaire le monde, le conserver, vivre en colocation, se marier, fromage ou dessert, série ou film, la monture noire ou la bleue, elle n'avait jamais vraiment d'avis mais était toujours encline à participer, à défendre les idéaux des autres, avec une sincérité totale et un engagement volontaire.

Ainsi, après le lycée, Florence l'avait traînée de concert en manifestation. Lui avait bourré le crâne de ses propres convictions, jusqu'à ce que Virginie s'en saisisse et y croie avec elle. La place des femmes, la place des hommes, le carcan de l'école, il y avait tellement de causes à défendre, elle ne serait pas trop de deux. Un jour, bientôt, elles monteraient à Paris, seraient de tous les combats. Elles vivraient dans une chambre de bonne ensemble, complices et solidaires envers et contre tout. Elles auraient des petits boulots avant des plus grands. Ne reviendraient voir leurs parents qu'une fois par an. S'endormiraient et se réveilleraient chaque jour plus libres et plus vivantes que la veille. Impossibles à abattre. Et puis. Et puis, Virginie avec Nicolas avait renoncé la première, prête à suivre d'autres rêves. Florence avec Brice avait suivi, avec plus de difficulté cependant, les abandons plus lourds sur ses épaules.

Aujourd'hui, un pas après l'autre, Florence se dit que ses espoirs passés s'apparentaient peut-être davantage à des fantasmes. Au final, malgré ses détours et ses envolées, elle s'était retrouvée dans la même vie que les autres.

Chez Virginie, les naissances des enfants avaient considérablement accéléré le rythme des renoncements. Le matin, elle les retrouvait scotchés devant des dessins animés, amorphes jusqu'au générique, délirants après, excités comme des puces, le cerveau perdu, pareils à des boules de flipper ne sachant plus où se taper. Ils lui réclamaient des céréales trop sucrées, voulaient sans cesse savoir si on irait bientôt au McDo. Boudaient les livres. Négligeaient leurs vêtements, ne juraient que par des jouets en plastique aux couleurs criardes. Virginie avait fini par tolérer qu'ils ne se lavent pas toujours les dents le matin, ou qu'ils petit-déjeunent dans la voiture sur la route de l'école. Elle avait aussi fini par s'habituer aux gros mots de Nico, y ajoutant les siens, dans une sorte de mimétisme solidaire. Des vulgarités pour tout, pour se décharger – les enculés sur la route, cette merde de racaille qui traîne aux abords de l'église, cette salope de météo, ce putain de cancer, ces merdeux, ces connards, ce fils de pute qui nous tient lieu de Président, sa pétasse de gonzesse, ces putes bien gaulées.

L'été, ils piquent-niquaient sur des aires d'autoroutes bondées, qu'ils s'étaient pourtant promis d'éviter cette année parce que les embouteillages, ça allait cinq minutes, faire la route avec les moutons aussi. Surtout, en réalité, parce que les nationales coûtaient moins cher. Les autoroutes, c'était l'assurance des toilettes. C'était pratique. Ils avaient cédé au pratique. Abandonné les pique-niques maison au profit des sandwichs sous plastique. Les gamins, ça aime la vie simple. Les chips et les trucs qui brillent. Se baigner dans une piscine, enchaîner les descentes de toboggan, les tours de manège. On n'allait pas leur imposer d'aller visiter Prague non plus.

Dans le jardin, les vélos avaient rouillé, la balançoire était cassée, l'eau de la piscine avait verdi, le trampoline était penché, éventré, rempli de feuilles mortes et d'épines de pin orangées. À quoi bon prendre soin des choses. On le savait : on n'aurait pas les moyens d'entretenir tout ça dans le temps. Il fallait se faire une raison. Se contenter des petits bonheurs de la vie, calmer ses exigences, apprécier les apéros entre amis, réunis autour de la table basse, le dos cassé, à picorer des surimis fourrés au Boursin, des tomates cerises en plein hiver, des tranches de pâté en croûte gélatineux. Se régaler des devinettes des Apéricube, bousculer son cerveau pour en reconnaître le goût, même si la couleur des petits emballages brillants donnait un sérieux indice. Tout ça mis bout à bout ferait de beaux souvenirs demain, quand les enfants seraient partis.

Au fil du temps, les petites latitudes, les autorisations et les concessions s'étaient muées en gouffres dont il était devenu impossible de s'extirper. Plus personne autour de la table n'écoutait encore les grands discours de Virginie, pas même

Nicolas qui avait pourtant succombé à son charme un brin rebelle, derrière lequel, sans doute, il avait aussi senti une forme de docilité facile à mater.

L'écologie, la décroissance, la sobriété s'étaient muées en concepts troubles. La mondialisation, le pouvoir d'achat, les déchets… Des idées vagues, en rien convaincantes face au plaisir immédiat, grisant, provoqué par la livraison en un jour ouvré, où que vous soyez, y compris ici, au fin fond d'une campagne désertée, sans saison. Rien de suffisant pour oublier ses kilos en trop, même cautionnés par une presse qui cherchait encore comment inverser la vapeur. On tentait de remplacer les corps brillants et musculeux par des corps que l'on ne savait pas bien qualifier. Normaux ? Ventre rond, cellulite. Les nouveaux posts d'Instagram n'avaient pas servi à s'aimer comme on est, à arrêter de se regarder le nombril pour enfin s'accepter. Mais avaient permis d'oublier ses remords, offrant sur un plateau un laissez-passer au laisser-aller.

Nico ramenait quant à lui de son poste à la commune, des idées définitives : être exigeant, c'était être condescendant. Se prendre pour qui ? N'importe quel travail, c'était du travail. Mieux que le chômage. N'importe quelle robe fabriquée dans n'importe quelles conditions dans n'importe quel pays, c'était un vêtement déjà. Mieux que rien. N'importe quelle viande issue de n'importe quel animal nourri par n'importe quelles hormones, c'était toujours ça dans l'assiette. Tu ne vas pas faire ta fine bouche en plus. Se contenter, il fallait se contenter. Au loin, là-haut, on ne savait même plus quelle autre vie serait plus souhaitable. Celle de qui ? De ceux qui faisaient quoi, allaient où, pensaient comment ? Qui était libre finalement ? Qu'on nous donne un exemple. Dans les appartements décorés des grandes villes, dans les logements insalubres, dans les pavillons propres, les vans aménagés, les hôtels, qui décidait réellement, qui échappait à la règle et aux horaires d'ouverture ?

La vie de Virginie sous ses yeux, elle-même au début de son effondrement, Florence était restée bouche bée, mi-inquiète, mi-désabusée. Il lui avait fallu un peu de temps et une volonté considérable pour ne pas s'éloigner de son amie. Entretenir leur amitié malgré le bordel de l'une et l'ordre de l'autre, aucun des deux vraiment voulus, vraiment assumés. Florence avait lutté pour ne pas juger Virginie, ne pas commenter, ne pas s'identifier, mais ça avait souvent été difficile. Elle avait vu, bien vu, la vie qui l'attendait. Ça lui avait sauté au visage, l'avait prise à la gorge, la forçant bien souvent à retenir des larmes sèches comme des désillusions.

En secret, Florence s'était mise à nourrir une haine féroce envers les renoncements de Virginie. Et encore plus envers les siens. Jusqu'à ce soir de taboulé en boîte où, face au mépris à peine masqué de Florence, Virginie, assise sur une chaise en plastique dans le jardin, ses deux cuisses serrées dans son short et aplaties, collées l'une contre l'autre pour ne former qu'une seule masse fendue au milieu, avait balancé une bombe sans souhaiter blesser son amie mais la fracturant tout entière pourtant. Si les possibles avaient simplement, parfaitement, déserté sa vie, Virginie était heureuse de ce qu'elle avait. Sa vie était un cadeau. Elle ne se voulait pas autre. Ni commentatrice, ni tribunesse, ni juge, rien de tout cela. Elle ne changerait pas le monde, avait-elle lâché en tirant sur sa clope. Sa voix n'avait pas de poids, qu'elle achète de la merde au Aldi le plus près de chez elle ou pas, qu'elle trie ses déchets ou pas, qu'elle vote ou pas. Alors, elle pouvait bien filer des gâteaux industriels sous emballage individuel à ses gamins pour le goûter, leur faire boire des sodas avec des pailles en plastique, trouver normal de passer deux heures à repasser le linge chaque jour, ne jamais conduire quand son homme était là, y compris quand il avait trop picolé, fumer pendant ses grossesses même. Elle n'avait pas besoin que son intérieur se réduise à une gamme chromatique homogène, dans des matériaux sains et éco-conçus. Non, il lui fallait uniquement de quoi nourrir ses enfants, avoir une maison à peu près propre, les affaires de chacun à jour, les rendez-vous planifiés – la piscine, le dentiste.

C'était ça. L'amour que Virginie ressentait au plus profond d'elle pour son mari et leurs enfants, pour son couple et leur famille, pour leur maison et leur vie, voilà ce qui éclipsait ses renoncements. La mocheté, la médiocrité, le bordel de son salon, le bordel dans le cellier, dans le grenier, les milliards de choses inutiles entassées partout pour achever de scléroser la vie, l'absence d'exigence, elle s'en foutait parce qu'elle avait mieux. Elle avait grossi, arrêté le sport, arrêté de lire, elle affectionnait les feuilletons à l'eau de rose du début d'après-midi, les pieds de son mari sous la table quand il rentrait du travail, les cris des gamins comme s'il leur était impossible de s'exprimer autrement, tout ça l'emplissait parfaitement. La calait dans le présent, incapable de projets mais surtout incapable de regrets. Parce qu'ils étaient là, ici avec elle, elle ne pouvait rien se souhaiter d'autre.

Ce soir-là, Florence était rentrée plus tôt, prétextant un mal de tête pour laisser Brice profiter de la soirée. Elle avait pris conscience de ce qu'elle ne ressentait plus pour lui. Son amour devenu une considération plate, même pas une consolation. Leur vie sans reproche et sans passion.

Puisque toute vie la paniquait, elle devait partir. S'échapper pour en réchapper. Quitte à ce que sa vie à elle devienne un non-choix justifié par un mouvement permanent. Partir était toujours mieux que rester. Partir tout de suite. Ne rien dire, filer, prendre la tangente. Lâcher Florence, devenir Flo, abandonner tout ce qui stagnait en elle. C'était clairement une fuite mais pourquoi pas. Tout plutôt que le Loto hebdomadaire, l'attente fébrile des résultats, l'espoir que l'argent solutionnerait tout. Tout plutôt que le pain congelé, les raquettes électriques pour zigouiller les guêpes, les merguez ocres sur la grille noire du barbecue. Tout, tout, plutôt que l'abandon. Tout plutôt que son couple, sa vie et tout ce qui était écrit à l'avance.

Florence voulait s'emporter partout, ne plus jamais poser les pieds à terre, voler pour tout ignorer. Bouger, ne jamais fixer son existence pour ne pas la détester. Ne jamais choisir pour tout décider. Ne rien imiter. Transformer l'angoisse de n'être vivant que de temps en temps en un flux incessant. Faire défiler les paysages pour ne figer aucun décor. Puisque c'était impossible ici et sans aucun doute là-bas, elle ne serait jamais de nulle part. Elle trouverait le repos dans ses déplacements, le répit dans sa circulation. Si elle se rendait insaisissable, elle ne regretterait rien. Rien ne la rattraperait jamais. L'amour pas plus que le reste.

En arrivant chez elle, à la va-vite, au milieu du salon, elle avait rassemblé ce qui lui semblait indispensable et écrit une lettre à Brice, au dos d'un courrier administratif. Elle avait cherché, plusieurs minutes, les clés de la vieille 205. « Putain, elles sont où, merde ! » La main dessus enfin, elle avait tout jeté en vrac dans la voiture et s'était enfuie. Échevelée et hébétée, déboussolée, affolée, et pour autant, pleinement et définitivement décidée.

Depuis, chaque jour, Florence avançait. Elle avançait, elle ne faisait que ça. Et quand elle marchait, malgré le poids de son sac et ses pieds douloureux, la chaleur qui la grillait, la lumière trop vive dans ses yeux qui finissait par lui donner mal à la tête, elle sentait qu'elle devenait une autre. Que ce qu'elle faisait était ce qu'elle avait fait de plus juste depuis longtemps.

Au fil des jours, elle avait trouvé sa cadence et plus rien n'avait été poussif dès lors. Juste, elle avançait, dormait où elle pouvait, se lavait dans les campings, les piscines ou les sanitaires publics. Elle mangeait à n'importe quelle heure, quand la faim était la plus nette. Il lui semblait qu'elle pourrait faire ça durant des années s'il le fallait, si elle voulait.

Avec cette marche, elle se sentait habiter le monde qu'elle traversait. Un pas, un pas, un pas, un pas, un pas, c'était ainsi. Il n'y avait rien d'autre que ses pas. Plus de mécanique, de volonté, elle n'avait pas à décider de marcher, elle ne soulevait ni ses jambes ni ses pieds, elle était devenue sa marche. Son corps n'était plus que ça, un corps qui marche. Il était endolori, elle avait mal au niveau des épaules, entre les omoplates, mais ça n'empêchait rien. Elle marchait. Elle pensait et marchait. Elle marchait et pensait. Sans but, sans ambition, sans bonnes chaussures aux pieds. Elle ne versait pas la moindre larme. Sentait uniquement dans son dos couler la transpiration. L'effort prenait toute la place.

Et, même si elle peinait à le mesurer encore, elle sentait

comme elle laissait des choses derrière elle. Pas uniquement la passoire et le bordel dans sa voiture cassée ; elle abandonnait tout un tas de crasses. C'était laborieux et pour l'instant, elle était en colère. Les boulets qu'elle lâchait, sous ses pieds résonnaient du feu de Dieu. Mais ça venait, la légèreté venait. Florence, bientôt, allait voler, ou devenir une silhouette qui fondrait à la surface de la terre, dont le mouvement flotterait et bruisserait. Elle allait devenir un mouvement seulement, elle allait être le mouvement, n'être que mouvement. En marchant, elle ne le savait pas mais le pressentait : elle se semait.

Les gravillons volèrent. Daguet détestait ça quand les gars se garaient comme des manches, à toute vitesse, sur le petit parking du chenil. S'ils avaient un coup dans le nez, ça pouvait dégénérer.

– Je vous ai dit combien de fois de pas arriver comme des balles ? Vous flinguez le parking et vous effrayez les chiens !

Hubert sortit de son Partner blanc, le moteur à peine éteint.

– Je sais pardon. Mais y a un problème dans la grande plaine, derrière la ferme des Hursseau. J'ai besoin de ta tenaille.

Hubert devait avoir une soixantaine d'années, mais il semblait tout juste frôler la vingtaine. Il avait le dos cassé et la carcasse squelettique, pourtant dans sa voix et sa façon de parler, il y avait quelque chose d'éminemment enfantin, d'incertain, qui attendait de voir. Il avait pour Daguet une admiration fébrile et parfaite, et c'était sans doute ça qui lui donnait cet air adolescent, la fanfaronnade en moins. Il buvait les paroles du piqueux comme du petit-lait, sans aucune tentation, jamais, de remettre en question ce qu'il disait. Il ne voulait pas le blesser, pas le contredire.

Hubert suivait la chasse du mercredi et celle du samedi, sur un VTT vert kaki qu'il prenait soin ensuite de nettoyer jusque dans les moindres recoins. Il ne buvait pas une goutte d'alcool, sonnait de la trompe divinement et vivait comme ça, discrètement, avec son Partner blanc au cul duquel il avait apposé un autocollant « Je chasse aux chiens courants », et dans lequel il rangeait son vélo et les chiens égarés.

– Qu'est-ce qu'il y a à la ferme des Hursseau ?

– Juste derrière, dans la grande plaine. Un cerf s'est emmanché dans un barbelé. C'est le Gros Jeff qui l'a trouvé. Y a le Savant aussi sur place. Ce qu'on a dans nos voitures ne suffit pas. Il nous faut une plus grosse tenaille. Y a des ressorts et des fils emmêlés. Et puis le cerf s'agace. Faut un manche un peu long. Je pensais à ta grande tenaille.

Pendant qu'Hubert racontait ça, Daguet rejoignit les box des chevaux, là où il y avait la plupart du matériel. Il sortit une grande pince qu'il tendit à Hubert.

– Merci, dit ce dernier, avec un léger mouvement de tête, comme dans une révérence.

Il ne monta pas tout de suite dans sa voiture, un manche de la tenaille dans chaque main.

– Ils t'attendent pas là ?

– Si, si, faut que j'y aille.

Hubert recula d'un pas, sans rejoindre le Partner, et Daguet comprit.

– Je peux peut-être venir ?

– Peut-être, oui.

Dans la voiture, Hubert semblait soulagé, il parlait de façon précipitée pourtant. Daguet pouvait sentir la fierté gonfler le vieil homme.

– Ils m'ont tout de suite appelé, tu penses. Ça serait un dix cors. On ne sait pas trop depuis combien de temps il est là. Au moins vingt-quatre heures parce que le Gros Jeff est passé hier matin et il n'y avait rien. La clôture n'est pas haute mais tu vas voir, il a les bois emberlificotés dans le barbelé. On s'est dit que tu serais le mieux placé. Ça ne te fait pas peur à toi, d'approcher un cerf.

Lorsqu'ils arrivèrent, ils étaient deux à tenter d'approcher l'animal – le Savant et le Gros Jeff. Ça ne leur faisait pas peur à eux non plus, mais ils étaient prudents. Si le dix cors parvenait à se détacher subitement, il pouvait les envoyer valser d'un seul coup de tête. Les embrocher même. Il n'y a pas plus dangereux qu'un animal qui a peur.

Autour, ils étaient cinq à filmer avec leur téléphone portable. Sauf Bonnefont qui tentait de retenir son fox-terrier qui n'en pouvait plus de japper et qu'il aurait tellement mieux fait d'enfermer dans sa voiture. « Arrête Oslo, arrête Oslo », ne cessait-il pas de dire. Mais le petit chien n'écoutait pas, il se débattait dans les bras de son maître, se croyait plus fort que le lion.

Daguet descendit de voiture tranquillement, comme il savait faire. Ce n'était pas le genre à s'affoler. Les gars lui serrèrent tous la main. Le Gros Jeff était tendu. Le Savant, excité, faisait l'effort de se tenir calme. Les autres observaient. Même pour des veneurs et suiveurs aguerris qui avaient vu une palanquée de cerfs, la scène était hors du commun. L'animal était affaibli par l'inextricable situation dans laquelle il se trouvait depuis de nombreuses heures. Pour autant, son envergure et sa puissance restaient impressionnantes. Il devait peser deux cents kilos au moins.

Le cerf secoua la tête, tenta d'avancer, de reculer. Les bois maillés dans le grillage ne se démêlèrent pas d'un iota. Il allait falloir couper les fils pour le dégager. Il jetait des coups d'œil à droite, à gauche, ignorant si ceux qui l'entouraient étaient là pour le libérer ou pour l'achever. Se posait-il la question d'ailleurs, Daguet n'en avait pas la moindre idée. D'expérience, il savait que le souffle, le regard et les râles du cerf signifiaient qu'il avait peur. Mais c'étaient ses interprétations d'humain, avec ses yeux d'humain. Que savait-il réellement des pensées des animaux, de leurs réflexions, de leurs émotions ? Il les déduisait à l'aune de son propre fonctionnement, il poussait des hypothèses à partir d'indices qu'il associait à ce qu'il ressentait lui-même, à ce que les humains éprouvaient. Il se doutait malgré tout qu'il n'était pas loin ; nous n'étions tous que des animaux, nos peurs se manifestaient sensiblement de la même manière dans nos corps. Mais au-delà de cela, les questionnements de ce cerf, Daguet n'en savait foutre rien.

En s'approchant de l'animal, la tenaille dans la main gauche, il se demanda quelle était la meilleure façon de procéder. Une telle confrontation avec le cerf, il ne la vivait que pour terminer ses chasses, enfoncer sa dague d'un coup vif. Dans ces cas-là, il savait précisément ce qu'il devait faire. Où cibler, avec quelle puissance appuyer, comment se positionner pour agir de manière sûre et efficace. C'était un moment où il ne se sentait jamais dominant. Il venait achever la lutte et il lui semblait même qu'il le faisait dans une forme d'allégeance, veillant à chacun de ses gestes pour éviter la douleur, permettre une mort rapide.

Ici, aujourd'hui, sa relation avec l'animal était différente, la situation était différente, et pourtant, rien n'était si différent. Il intervenait pour libérer ce cerf. Malgré cela, il ne se sentait pas plus sauveur qu'il ne se sentait bourreau à la chasse. Dans les deux cas, l'animal dépendait de lui. Daguet changea le cours des choses, scellant une fois de plus les destins mêlés des humains et des animaux.

Le cerf libéré s'enfuit en boitillant sur quelques mètres. Un danseur fatigué qui a perdu son équilibre. Les gars le regardèrent jusqu'à ce qu'il pénètre dans le bois. Il y eut un instant de calme, comme après la fête ou le drame. Tout en consultant sa montre, Daguet proposa un Ricard aux autres.

– Je passe acheter des clopes au bar, qui vient ?

Hubert et le Savant acquiescèrent, sans commentaires, alors que les autres refusaient avec regret – le boulot, Madame, le repas, la déchetterie, forcément quelque chose qui attendait.

En entrant dans le bar, Hubert et le Savant à sa suite, Daguet ressentit d'un coup une immense fatigue. Ses poumons le démangeaient et l'épisode du cerf avait généré chez lui un sentiment mitigé qu'il ne savait pas bien à quoi attribuer. L'agitation, l'urgence, cet instant entre violence et délivrance, tout ça lui avait rappelé le pouvoir qui allait bientôt lui incomber. Sa responsabilité sous les yeux des autres qui attendent et surveillent. Il pensa à La Verdure qui l'avait formé et qui avait pour habitude de dire : « Quand ça va bien, c'est à la veille d'aller mal. Quand ça va mal, c'est à la veille d'aller bien. »

Tout en saluant le patron, il sortit de quoi régler ses cigarettes avant de s'installer au comptoir. Dans le fond de la salle, une jeune femme buvait une limonade. Elle avait le regard sombre et chaud. De ceux qui donnent envie de fuir autant que de fondre. Ça, si Daguet ne le savait pas encore, il le perçut déjà.

C'était une odeur puissante. Une pauvre odeur cachée, recluse, forte de se dissimuler depuis tant d'années. Mélange de renfermé, de détergent, de café, de bière, de sueur et de restes de tabac. Le tabac d'il y a vingt ans, quand on avait le droit. C'était un bar qui sentait la lassitude et la colère. La rumination. Toujours les mêmes idées, toujours les mêmes discussions. Pas des discussions, d'ailleurs. Des monologues mêlés, jetés contre les murs et les faces, contre les interjections et les moues dubitatives. Pas d'avis, trop d'avis. Que des commentaires. Voilà, c'était une odeur de bar de commentateurs fatigués et désabusés.

Florence réalisa qu'ils étaient là aussi, les humains méchants, brutaux, les fatalistes agressifs qu'elle tentait de fuir. Dans ce bar sombre aux poutres en chêne verni. Plafond bas, un mur entièrement aveugle avec des petites portes donnant accès à des pièces sans âme et fonctionnelles – des caves –, une vitrine surplombant la route, recouverte de stickers, d'affichettes et de petites annonces. Les poids lourds qui passaient sur la nationale assombrissaient la salle d'un coup, avant de disparaître.

Florence essayait de ne pas écouter les conversations et de se focaliser sur la limonade qui pétillait dans sa bouche, glissait dans sa gorge. Elle devait se concentrer pour oublier où elle était. Un type entra, qui brisa sa tentative. Lorsqu'elle l'aperçut, elle sentit immédiatement, sans explication, des larmes bouillonnantes, rouges presque, épicées, lui monter aux yeux. Elles piquèrent sa cloison nasale et crispèrent ses doigts sur le Formica.

Le gars, bedonnant et sûr de lui, demanda des cigarettes au patron. Celui-ci, un gars petit et replet, une mèche rabattue sur son crâne chauve, souriant en toutes circonstances, et dont les lunettes au bord du nez ne cachaient pas des cernes gonflés et violets, les lui tendit en disant :

– T'as pas profité d'être à la retraite pour arrêter la clope toi ?

– Ben, quand t'as rien à faire, tu fais quoi si tu fumes pas ?

Derrière lui, un autre type, plus petit et plus sec, enchaîna :

– Putain, j'ai mal dormi.

Le gars bedonnant recula, le regarda et plaçant les mains sur son torse pour mimer une poitrine, lâcha en rigolant :

– Moi quand ça m'arrive, je me cale dans maman. Massage à la cyprine les gars ! Tu dors comme un bébé après !

Ce qu'elle était capable de tolérer d'entendre rendit Florence furieuse. Elle enragea que cela la malmène à ce point, que cela existe, encore et encore, depuis tellement longtemps. Elle voulut se lever, foutre par terre le présentoir dédié aux journaux nationaux et locaux. Faire quelques pas et ravager les étagères à gauche de la caisse. Leurs petites boîtes cartonnées contenant des recharges de cigarettes électroniques, des pétards, des briquets, des paquets de chewing-gums, des cartes Panini, des petits dinosaures sous blister. Le voilà, le blister ! Le blister partout. Autour des magazines pour attirer les enfants avec un jouet. Autour des lots de paquets de mouchoirs pour en vendre plus, autour de la moindre saloperie à consommer en plissant le groin. Elle le sentait autour d'elle, autour d'eux tous ici, ce blister qui vous emballe pour vous faire croire que vous avez de la valeur mais qui vous enferme pour mieux vous manipuler, vous jeter dans des camions conduits par des types mal payés, même pas déclarés, vous balancer sur des quais, vous jeter sur des carrelages poisseux avant de vous éventrer et de vous laisser pourrir au fond d'un coffre de bagnole ou d'une chambre surchargée. Le blister plus ou moins transparent, qui vous fait voir la vie des autres sans vous permettre d'en faire partie, vous protège de la liberté de parler et de partir.

Ces types adipeux et sûrs d'eux, Florence ne voulait plus les entendre. Elle connaissait par cœur la suite de leurs fausses discussions et elle désespérait d'elle-même, de ne plus être capable de voir dans ces bars ravagés par le désespoir, des lieux de rassemblement. Avant, même si elle ne savait pas avant quoi, le bar était cette place simple et conviviale où régnait le plaisir de croiser l'autre, de prendre de ses nouvelles et de trinquer avec lui. Il avait les portes ouvertes, savait se montrer chaleureux, offrait des oreilles. Il était cette annexe où aller quand ce qui était à faire au-dehors était fait et qu'on n'avait pas encore envie de rejoindre ses pénates. Il était disponible.

Ce n'était certainement plus ce que Florence voyait. Des bars rapidement traversés, parce qu'ils étaient les seuls endroits où trouver le journal ou récupérer un colis, elle retenait les regards fiévreux, les têtes lourdes, les bras abandonnés sur le comptoir, une fesse posée sur le tabouret et l'autre dans le vide, jambe tendue. Un constat qui la faisait trembler ce matin, faisait vrombir en elle cette lutte intérieure pour ne pas devenir la plus grande des misanthropes.

– Tu l'as vu, l'autre caïd encore ? L'écolo de merde là.

Monsieur le sauveur de l'humanité. Il aime ça quand y a des problèmes à la chasse. Tous pareils, tiens. À bouffer des graines en suçant la bite de leur femme. Ils ont rien dans le slip, ces gars-là. Interdire la chasse le mercredi, le week-end, les vacances scolaires. Je t'y mettrai le feu, tiens. Ça serait vite réglé. Quand je vois ça, je me dis qu'y en a qu'avaient bien raison de penser comme ils pensaient.

Le bedonnant toucha sa casquette en tweed à la visière sale, la vissa et la revissa sur sa tête. Florence ne pouvait plus déjà. Le patron tenta de calmer le jeu :

– Eh ben, messieurs, le Cheminot a l'air de mauvaise humeur aujourd'hui.

Florence ne pouvait plus.

Le bedonnant enchaîna :

– Tous des pédés !

Personne pour répondre. Qui écoutait ? Qui avait l'énergie de relever, de s'extraire de sa complaisance couarde ? Il tapa le derrière de sa botte sur le pied du tabouret. De la terre se décrocha de la semelle pour former un petit tas compact qu'il écrasa, réduisit en une poussière plus claire qu'il dispersa sur le carrelage en regardant autour de lui d'un air hargneux.

De là où elle était, Florence pouvait flairer sa quête. Les proies étaient rares dans les bistrots d'habitués. Elle en était une toute trouvée. Désignée par sa silhouette menue, sa discrétion, son sac à dos. Par son sexe simplement. Elle sentit comme cela enflait doucement.

Premier point : trouver des alliés. Un, ça suffisait. Le patron, ça ne comptait pas, sauf quand vraiment, il n'y avait personne d'autre. « T'en as une de femme toi. Tu sais ce que c'est. »

Rester évasif. Le pouvoir dans l'imprécision. « Toutes les mêmes. » Généraliser. S'offrir la vérité. « T'aimerais pas changer des fois ? » Migrer lentement. Il se rapprochait. Il glissait, lançait ses filets vers Florence. Elle savait bien qu'il l'avait vue. Il l'avait vue dès qu'il était entré. « Celle-là là-bas, elle te plairait pas ? » Une question pour adoucir. Qui peut être mauvais avec une question ? Prendre à partie son interlocuteur tout en l'ignorant. « Elle est mignonne là, avec son petit air de pas y toucher. » Douceur, douceur, respect. Irréprochable piégeur. « Y a rien à bouffer par contre là-dessus. » Nuancer. Ouvrir grand la porte, se tapir pour bondir plus férocement. Le tout sans stratégie. Une manipulation bête et méchante. Il y avait un nom pour ces gens-là. « On en ferait quand même bien notre quatre-heures, hein ? T'en dis quoi ? Ou l'apéro ! » Rire gras vite contenu. Honorer le sérieux du débat. Un prédateur, voilà, un prédateur. Il leva le verre à ses lèvres. Deux options dès lors : une nouvelle goulée qui éteindrait le feu en même temps qu'elle réveillerait la honte. Dans les creux intimes, le désespoir lourd qui enjoindrait à se taire. Ou bien : une nouvelle goulée qui embraserait. L'emporterait, inarrêtable. Les pleins pouvoirs. Une goulée, deux options. « Je te baiserai tout ça, moi ! »

La porte vitrée s'ouvrit à ce moment-là sur de nouveaux clients.

– Salut, Daguet, lança le patron.

Le grand brun, discret, répondit dans un sourire franc :

– Salut, patron. Comme d'habitude s'il te plaît.

Derrière lui, un type suivait, puis encore un, plus grand que les autres, dont l'assurance semblait remplir le bar tout entier, sans violence ni condescendance pourtant. Les trois s'installèrent au bar où le patron leur servit naturellement trois Ricard, qu'ils sirotèrent en fumant.

– Bientôt le début de la saison ? demanda le patron.

– Bientôt, oui. On se prépare.

Le grand brun n'était pas bavard. Il sourit rapidement en tapotant son paquet de cigarettes sur le bar. À côté de lui, ses deux compagnons échangeaient sans conviction sur l'actualité, et il les écoutait, lointain, le regard dans le vide, en tirant sur sa clope plus fort que les autres. Un téléphone sonna et au fond du bar, un type lança : « Ah ! Les affaires reprennent ! »

– Tu viens d'où comme ça ?

Dans la rumeur à bas bruit du bar, le prédateur revenait à la charge. Question innocente qui oblige à répondre, d'autant plus qu'elle est posée clairement, haut et fort, les yeux dans les yeux. Florence voulut payer et partir. Mais se lever aurait signifié se diriger vers lui, être empêchée de sortir. Elle était prise au piège. Elle attendit qu'il répète. Ils répètent toujours.

– Toi là, tu viens d'où comme ça ?

– Je sais pas. Je suis pas d'ici.

– Elle sait pas d'où elle vient ! C'est la meilleure ça ! On s'en doute bien que t'es pas d'ici. On t'a jamais vue.

Florence portait un sweat à capuche beige sur un pantalon large d'un beige un peu plus foncé, sali par les jours de marche. Elle n'avait pas les atours d'une femme ni ceux d'une citadine. Par ses vêtements, elle ne lui offrait pas de quoi l'attaquer vraiment. Son allure comme un salut. Pour se sauver, pactiser. Mais pactiser, plutôt crever. Maintenant c'est elle qui voulait. Les goulées brûlantes qui rêvent de s'enflammer, elle les sentait en elle. Elle ne voulait pas qu'ils se laissent tranquilles. Elle ne voulait pas que ses vêtements la rapprochent de lui, ce gros porc, et la sauvent. Elle n'attendit pas plus longtemps.

– Et toi, tu viens d'où avec tes idées à la con ?

Face à la surprise qu'elle lut sur le visage du type, elle sentit le délice qui crépitait dans sa gorge.

– Ben oui, tu ne peux pas être un humain pour dire des conneries pareilles. Si ? Tu es un humain, toi ? Avec ton gros bide et tes bretelles de connard. T'aimes pas les Arabes ? T'aimes pas les pédés ? C'est ça ? T'aimes qui toi ? T'aimes ton chien ? Gros con, va.

Elle enchaîna. Elle devait aller vite, le laisser croupir dans sa stupéfaction, ne pas lui laisser le temps de réfléchir. Mais ça allait, c'était un abruti qui n'avait jamais rien dit d'autre que ces merdes depuis des années. Il ne savait pas répondre, il n'avait ni les mots, ni les idées. Il se leva d'un coup, le poing déjà serré.

– Elle va fermer sa gueule, la pétasse !

Le grand brun se mit debout à son tour, tranquillement, s'approcha du Cheminot sans le toucher.

– Lâche-la, t'es lourd.

Son autorité était fébrile mais efficace. Le gros se rassit en bougonnant et en reniflant bruyamment.

Florence avait préparé ses pièces. Elle les lâcha sur la table en se levant. Elle était en sueur. Son cœur battait tellement fort. Ses jambes flagellaient mais elle était grisée par la délivrance. Elle aurait pu se taire, ne pas jeter d'huile sur le feu, se raviser raisonnablement et se tirer. Mais il allait prendre pour tous les autres. Pour tous les vulgaires, les brutaux et les bornés.

– Tu n'as jamais quitté ton bar, j'imagine. T'en sais rien du monde. Tu te crois malin à regarder les infos de 20 heures.

Mais t'es rien d'autre qu'une merde. T'aimes personne. T'es personne. Demande-toi en matant mon cul quand je vais sortir, demande-toi : qu'est-ce que j'ai fait de bien dans ma vie ? Au lieu de déblatérer tes conneries. Demande-toi, pauvre con, si t'as rendu quelqu'un heureux un jour. Je veux dire, vraiment heureux. Oublie tes potes à qui t'as payé une tournée. Ou ta mère à qui t'as filé un cuissot de chevreuil dimanche dernier. Demande-toi, gros con.

La dernière salve lâchée plongea le bar dans le silence. On n'entendait que le bruit des pieds de chaise sur le carrelage, celui du percolateur et le fond sonore de la chaîne de courses hippiques.

Florence, un peu essoufflée, se sauva, ni vite ni lentement. Elle avait à la fois l'impression de courir et d'être tirée en arrière. Mais elle marchait et elle était seule, sans personne à ses trousses. Elle avait la nuque raide. Le visage brûlant, les cuisses collées au tissu de son pantalon, elle tremblait. La chaleur de sa face descendait dans ses épaules. Elle sentit le sang quitter son corps, fuir par le bas. Elle avait l'impression qu'elle se vidait de ce sale type, et elle sourit malgré tout. Capable de retenir seulement l'immensité de sa bravoure.

Il était debout dans son dos. Sa respiration se coupa net. Elle ressentit : il est là. Elle se dit : Il m'a retrouvée. Il va poser la main sur moi. Il va me serrer fort. Me broyer. Il va m'anéantir et j'aurais dû me taire. Et puis, dans ce blanc en elle, le feu soudain. Il ne m'aura pas. C'était remonté de ses pieds gelés par la peur jusqu'à ses joues brûlantes, et elle se sut prête à se retourner. Peu importait le prix à payer. Jaillir et griffer. Tout ça si vite et si fort, pour s'éteindre en un instant, comme un seau d'eau jeté, lorsqu'elle réalisa finalement que ce n'était pas lui. L'homme du bar n'était pas là. En tout cas pas celui auquel elle pensait. C'était l'autre. Le brun qui s'était mis debout et qu'elle avait cru prêt à dire, à faire pour que le danger ne la dévore pas tout entière. Il était là, il avait dû courir, la rattraper.

– Est-ce que ça va ?

La question l'ébranla. Il aurait pu dire : « Il n'est pas aussi méchant qu'il en a l'air » ou « Vous devriez faire attention à vous, vous allez avoir des problèmes ». Quelque chose de sûr et de définitif comme les hommes savent dire. Mais il avait posé une question. Et face à ce souci d'elle qui semblait sincère, qui lui semblait étrange, dans une relation qui n'existait pas encore, l'idée de baisser les armes avait effleuré l'esprit de Florence.

Aucun souvenir de la voiture. Il avait dû lui proposer, elle avait dû accepter. Grimper, sentir l'odeur des chiens lui monter brutalement au nez, écraser celle du sapin jaune sur lequel était écrit « vanille » qui pendait au rétroviseur. Ils n'avaient pas parlé. Florence avait été captivée par la poussière sur le tableau de bord – son épaisseur duveteuse – et par la sensation de vitesse. Rien d'impressionnant pourtant sur les petites routes au milieu des arbres, mais une légèreté qui tranchait avec le poids laborieux de ses pas depuis des jours et des jours. Et cette facilité, son sac dans le coffre d'un coup ne pesait plus rien.

Il gara la voiture, prit quelques secondes, une main encore sur le volant, l'autre sur la poignée intérieure de la porte, comme s'il tentait de se souvenir de ce qu'il pourrait avoir oublié, ou comme s'il réfléchissait à ce qu'il était censé faire, une fois qu'il serait sorti du véhicule. Florence attendit avec lui, pressée de récupérer son sac. Elle était partie, elle avait fui et elle avait marché seule pendant des jours, alors attendre l'autre, comme un train ou comme un rendez-vous, elle sentait que déjà, ce n'était plus possible.

– Je vous offre un café ?

Elle retint sa respiration, les narines un peu gonflées. Lorsqu'elle enclencha l'ouverture de la portière, il suivit d'un même mouvement. Tout ça avait duré quelques secondes seulement. Une minute tout au plus.

Depuis le petit parking, Florence découvrit d'abord un immense hangar sur lequel étaient accrochés des dizaines et des dizaines de crânes d'animaux, blancs et surplombés de bois marron de toutes tailles, plus ou moins abîmés. Le bâtiment était ouvert sur un côté et fermé sur les trois autres, de sorte que de là où elle était, elle pouvait distinguer l'intérieur. Sur le mur du fond, elle vit d'autres massacres ainsi que des pattes tressées sur des écussons en bois, disposés en arc de cercle et formant une sorte de fresque morbide et hypnotique.

Ils contournèrent le hangar pour traverser une cour sableuse et rejoindre une véranda mauve, accrochée au mur d'une grande bâtisse, comme une verrue. Sur sa route, Florence avait compté des dizaines et des dizaines de vérandas. De toutes sortes, de toutes formes, accolées aux maisons, impossibles à chauffer et à décorer. Des vérandas qui accueillent le bordel, comme un sas sans autre fonction que d'y abandonner ce que l'on ne peut pas laisser dehors, mais que l'on ne veut pas vraiment rentrer chez soi. Des objets rarement utiles mais indispensables. Les parapluies, les chausse-pieds, les paniers, tapis, plantes vertes desséchées, chaussures crottées. La laisse du chien, les bottes des gamins, le verre à jeter, les trucs à rendre qu'il faut penser à mettre dans la voiture. Et puis la gamelle du chat. Des écuelles sales qu'on ne s'imagine pas laver. Partout autour, sur le devant surtout, des croquettes que l'on écrase en passant, qui laissent une poudre fine au sol, qui se mêlera bientôt à la poussière.

En s'approchant, Florence aperçut à travers les vitres des bottes et des tire-bottes. Sur un tréteau, un tapis de selle noir, matelassé, sans aucune marque, pas même un liseré de couleur.

– Entrez, je vous en prie.

Sur le sol, on n'avait pas pris le soin de poser un carrelage. C'était une simple chape en béton sur laquelle elle distingua, à certains endroits, les traces d'un râteau racloir figées dans la matière. Comme celles d'un peigne dans des cheveux mouillés, ou d'une herse dans un champ. Mais ce n'était pas partout. Sur le gris du béton, il y avait beaucoup de terre, de sable et de poussière mêlés. Sous le tréteau, elle vit un pot au couvercle bordeaux sur lequel était écrit « Onguent au laurier blond pieds de chevaux ». Contre le mur de la maison, à côté de la porte d'entrée, il y avait un meuble en bois sombre, d'un marron sans brillance, sans aspérité. C'était une commode à trois tiroirs. À sa droite, un guéridon à trois pieds. Dessus, un téléphone beige de la marque Alcatel, avec le cordon distendu et emmêlé, posé sur une pile de papiers qui le rendait bancal. Florence s'approcha et lut : Picador, Purgatoire, Rageur, Stentor, Suspicion, Tapageur, Tempête, Ténébreux, Ténor, Torillère, Traminot, Tufeau, Turquos, Tzigane, Trochure. Certains mots étaient surlignés au Stabilo vert.

Depuis la pièce d'à côté, elle entendit un peu d'agitation.

– Venez, vous pouvez entrer.

Florence, parfaitement ignorante de ce qui l'avait menée jusqu'ici, était surprise par le caractère à la fois insaisissable et familier des lieux. Elle n'avait le désir ni d'en partir, ni d'y rester. Néanmoins, l'envie de se poser la traversa soudain. Comme elle avait lâché son sac au beau milieu de la véranda, elle ressentit le besoin de s'affaler aussi. Elle n'avait pas ressenti ça une seule fois depuis qu'elle marchait et elle perçut la lutte en elle. L'angoisse qui la suppliait de se ruer dehors pour continuer d'avancer, ne surtout pas écouter ce qui l'invitait à stopper le mouvement. Vite, reprendre la route surtout. Et d'autre part, cette tentation de retrouver des contours, des repères, un paysage fixe. Pauvre fille, pensa-t-elle, et elle sentit l'envie refluer un peu. Pourquoi avoir accepté ? Qu'est-ce qui lui avait pris de dire oui ? D'où pouvait bien venir, de quel héritage, de quelle tribu, de quel siècle, ce désir de poser ses affaires entre quatre murs ?

– Vous entrez.

Son ton n'était pas vraiment celui d'une question et cela la désarçonna. Il sembla s'en apercevoir et répéta, sans reformuler mais en modifiant légèrement l'intonation de sa voix :

– Vous entrez ?

Florence voulut partir alors. Ne plus être chez lui, à devoir répondre à ses questions. Mais il était devant elle et elle ignorait comment faire pour le contourner sans lui parler. Il remarqua son désarroi. Peut-être qu'elle tremblait un peu ou peut-être qu'elle hésitait, qu'elle ouvrait la bouche sans que rien n'en sorte. Dans tous les cas, il comprit un peu, se décala pour ouvrir le passage, et retenta :

– Entrez, je vous en prie.

Florence devina chez lui une patience infinie pour redemander ainsi, sans montrer aucun signe d'agacement. Elle s'apprêta pourtant à s'enflammer, comme un réflexe. Attaquer, foncer comme elle savait faire depuis qu'elle avait lâché les chevaux sur la route. J'ai besoin de l'aide de personne ! Dégage, laisse-moi partir ! Mais ces phrases étaient trop lourdes à sortir, elle les sentait bloquées dans ses épaules, incapables de remonter de sa gorge jusqu'à sa bouche. Elles étaient un poids qu'elle rêvait d'abandonner. Et de nouveau, sa lutte la déchira de l'intérieur.

Elle finit par cracher un « Désolée » penaud qui la détendit et l'assouplit à son insu. Dans le même temps, elle eut le sentiment de s'affaisser un peu. Elle devait se ressaisir. Elle ne pouvait pas reculer, elle ne pouvait pas ouvrir, pas autoriser. C'était trop risqué, trop incertain et trop sûr à la fois. Les commerces fermés, les jardinières en plastique rose, les émissions de télé où il faut noter son voisin, les hommes des bars, les hommes saouls, les hommes sûrs, les couples qui s'ignorent, les cordons bleus et les purées Mousline, les vieux dans les supermarchés, leur odeur, les faux ongles bleus, les insultes, les habitudes, les hommes qui reluquent, ceux qui grognent, ceux qui tapent, les factures. Elle devait reprendre la route, de toute urgence. Pourtant, elle entra dans la maison.

La pièce était grande, chargée de plein de choses, partout, que Florence n'avait jamais vues dans aucune maison. Elle ne savait pas bien où ils se trouvaient. Un salon, une salle à manger ? Il y avait une grande table en bois entourée de chaises, de tabourets et de bancs, tous disparates. Elle remarqua un portemanteau ; tout y était vert kaki ou marron. Il y avait des grandes bottes en cuir noir. Deux paires. Au plafond, une suspension-ventilateur dont les pales étaient arrêtées. Un petit cordon blanc pendait. Au-dessus du poêle, à droite du tuyau qui remontait jusqu'à traverser le plafond, un immense trophée de cerf. Florence n'avait jamais imaginé qu'une tête de cerf puisse être si grande. À partir d'elle, elle essaya de se figurer la taille complète de l'animal. Cette pensée la confondit, elle avait la sensation d'avoir perdu ses repères dans le temps et l'espace depuis qu'elle avait pénétré dans la maison.

– Je t'offre un café ?

Voilà. Quelques minutes à peine et il avait déjà glissé du vouvoiement au tutoiement. Dans une heure, il la tripoterait. Dans la foulée, la sauterait. Là, contre le mur de la véranda. C'était sûr.

– C'est ma première saison. Tu connais le chenil ?

Cela s'enclencha dans la tête de Florence. Elle répéta :

– Ta première saison ?

– Je parle de ma première saison de chasse. T'es pas du coin, toi.

– Non. C'est quoi, une saison de chasse ?

– On chasse à courre ici. Je suis le nouveau piqueux. Tu viens d'où ?

– D'un autre bled, je ne sais pas.

Elle apprécia qu'il n'insiste pas.

– Comme je te disais tout à l'heure en voiture, on a un petit logement qui ne sert pas. Si ça te dit de te poser quelque temps.

Comme elle ne disait rien, il enchaîna, mais tranquillement, sans hâte.

– Tu pourrais me donner un coup de main ?

Florence voulut dire « Je ne sais pas ». Elle voulait répondre « Je ne sais pas » à toutes les questions du monde. Il l'invita à s'assoir, mais resta debout près de la table. Ni avenant, ni désagréable, il était assez difficile à cerner. Il ne souriait pas mais sans que cela paraisse malpoli. Il semblait juste être là, dans le présent. Il but son café debout. Florence avait de minuscules gestes, empruntés et maladroits. Bouger, parler, cela serait être réellement là, entrer dans le jeu. Il faudrait donner des réponses, avoir un avis, savoir quoi faire la minute suivante – quoi faire qui ne soit pas simplement mettre un pied devant l'autre. Alors, elle se dirigea vers la porte, sans se sauver vraiment. Juste, elle faisait ce qu'elle avait désormais pris l'habitude de faire face à l'incertitude ; partir, marcher.

En sortant, elle prit connaissance de la grande cour par laquelle ils étaient arrivés. Il la rejoignit et elle se surprit à ne pas sentir sa présence dans son dos comme une menace. Lui traversa l'esprit qu'il devait la trouver bizarre. Mais il n'en laissa rien paraître. Son être entier semblait neutre, pas absent ni indifférent, neutre, ouvert presque, disposé. Il lui proposa de le suivre, sans mot mais en passant devant elle. Ils avancèrent ensemble.

Derrière des grilles, il y avait des dizaines de chiens aux oreilles longues et tombantes, plus grands qu'elle lorsqu'ils se mettaient debout contre l'enceinte du chenil. Il s'engagea dans une sorte de couloir étroit traversé par une rigole au centre où s'écoulait une eau un peu marron, et qui débouchait sur un espace herbeux. Au fond, Florence distingua un mobil-home d'un blanc sale.

– C'est vieillot mais il y a tout ce qu'il faut, dit-il en ouvrant la porte. Tu as même deux chambres. Une douche et des toilettes sèches. J'ai besoin de quelqu'un pour finir certains travaux avant le début de la saison. Avec les vacances, il y a moins de bénévoles pour aider. Tu peux crécher ici et me filer un coup de main.

– Pourquoi tu ferais ça ?

– Pourquoi pas ?

Je ne sais pas, pensa-t-elle. Je ne savais pas que des gens pouvaient aider d'autres gens. C'est un peu ça qui m'a tuée. De pas savoir ça. Elle ignorait que lui-même était incapable de déterminer ce qui l'avait poussé à la suivre quand elle avait quitté le bar après son altercation avec le Cheminot. Pourquoi il était sorti sans rien dire aux autres, l'avait rattrapée et lui avait proposé ça. Un endroit où dormir. Bien sûr, il y avait ce mobil-home inutile, il y avait les travaux à faire, mais il aurait menti en se cachant derrière ces raisons. C'était ailleurs, il le savait sans le savoir. C'était dans le soleil qui devait brûler les épaules de cette jeune femme debout, droite et vacillante à la fois. C'était aussi, sans doute, dans cet endroit en lui dont il n'était pas fier, où pullulaient toutes ses envies de prendre pleinement sa place ici. Décider ainsi, sans en référer à son patron, était une façon de signifier à ce dernier, de signaler au monde entier, son pouvoir de décision. Dans cet élan sans raison se trouvait la plus grande, se dire à lui-même : Désormais, je suis chez moi ici.

Il ouvrit les rideaux plastifiés un à un, d'un air sérieux, sans sourire toujours. Dans ce petit espace, il paraissait de nouveau grand.

– Il y a un duvet dans la chambre du fond. Je vais te trouver un drap et un oreiller si tu veux.

À travers la vitre, Florence vit les chiens. Assis, couchés, qui marchaient. Combien étaient-ils ?

– D'accord. Merci. C'est quoi les travaux ? Parce que je ne sais pas si je saurai faire.

– Je t'expliquerai. Ça ira.

Quelque chose chez lui l'agaçait. Cette façon de décider pour elle peut-être. Qu'est-ce qu'il en savait lui, que ça irait ? Ça pourrait aussi ne pas aller du tout. C'était souvent quand même que les choses n'allaient pas, qu'elles ne s'arrangeaient pas, qu'elles tournaient en rond ou dégénéraient, s'effondraient même. Il ne le savait pas lui, que les choses pouvaient vriller ? Et si elle ne savait pas faire ? Il la virerait aussi simplement qu'il lui avait ouvert la porte de son mobil-home dégueulasse ? Pourtant, Florence ressentait aussi son assurance comme une manière de ne pas douter d'elle. Il ne la connaissait pas mais il avait confiance en elle. Elle qui cherchait dans quelle direction orienter le prochain de ses pas, qui n'avait confiance ni en elle ni en personne, il lui ouvrait sa porte et cela fonctionnait ; elle avait envie de le suivre, de le retrouver demain pour faire ce qu'il y avait à faire. Elle sentit que sa colère, sans vraiment désenfler, grouillait un peu moins vivement en elle. Un peu comme tapie.

Le haut hangar en tôle était rempli de paille, de foin et de planches.

– Comment tu t'appelles ?

– Flo, répondit-elle rapidement avant d'ajouter : Je m'appelle Florence en vrai. Et toi ?

Il répondit : « Daguet », et elle aurait aimé demander des détails. À la place, elle montra du menton une femme sur la route, debout à côté de son vélo, qui, à travers les grilles, observait les chiens.

– Et elle ?

Elle avait les cheveux d'un blond délavé presque blanc, emmêlés. Elle portait une robe vague en lin rose pâle et, aux pieds, des sortes de boots en cuir sans lacets, poussiéreuses. Elle fit un signe de la main à Daguet, auquel il répondit par un hochement de tête.

– Elle, c'est Bardot. Elle vit à quelques kilomètres de là.

– Elle aime les chiens.

Quelques instants, ils la regardèrent, qui essayait de passer les mains à travers les grilles.

– Elle aime les chiens, les chats, les oiseaux, les hérissons, les chevreuils. Elle aime tous les animaux de la terre. Elle aimerait les dinosaures s'il y en avait encore.

Ils sourirent tous les deux, mollement ; rien qui n'interrompit le cours des choses.

– Elle aime tous les animaux, y compris celui qu'on chasse, nous.

– C'est-à-dire ?

– Le cerf.

– Pourquoi elle est là, alors ?

– Elle vient chaque jour, elle observe les chiens, elle donne des croquettes aux chats errants. Je lui ai déjà dit cent fois de ne pas faire ça. Elle ne rend service à personne. Tous ces chats, ils sont pleins de puces, ils ont faim. C'est pas une vie pour eux. Mais Bardot, elle n'écoute rien. Elle cache des petites gamelles, là, regarde, sous les haies. Et tous les jours, elle les remplit de croquettes.

La vieille femme remonta tant bien que mal sur son vélo, en tentant de coincer sa robe entre ses cuisses. Bardot était un symbole ; à travers elle, son air faussement soumis et ses sacoches délestées de leurs croquettes malgré les consignes, Flo crut percevoir toute la complexité de ce qui fonde le monde et le rend irréconciliable. Bardot, folle amoureuse et mère nourricière, faisant mine d'ignorer la soif de chair et de sang des grands chiens aux oreilles tombantes qui jouaient entre eux de l'autre côté des grilles.

Sous le hangar dont le toit en tôle ondulée vibrait légèrement lorsqu'une voiture passait, Daguet expliqua à Flo ce qu'il attendait d'elle : poncer le tas de planches puis les lasurer afin de monter des box pour les nouveaux chevaux de l'équipage. Il mit à sa disposition deux tréteaux, des gants, un casque antibruit, une ponceuse et des disques abrasifs grain 80. Flo ne voulut pas savoir combien de planches elle avait à poncer. Elles étaient toutes à poncer. En combien de temps ? Peu importait. Il monterait les box au fur et à mesure qu'elle avancerait. Et quand elle aurait fini, elle viendrait l'aider. Ça serait plus facile à deux. Elle était d'accord avec tout.

Au fil des jours, Flo sut l'heure qu'il était aux rituels du chenil. Le bruit des jets d'eau à 6 h 30 pour tout laver, le passage de Bardot à 9 heures, la soupe des chiens à 10. D'abord pour les chiennes en chaleur, les chiots, les chiens blessés, les maigres, pour la meute ensuite. De la viande bouillie dans le jus avec du riz. Les chevaux enfin. Le bruit de leurs sabots jusqu'au manège. Le soir, le retour des chiens pour la nuit, de la cour d'ébats jusqu'à la cour d'honneur.

Le matin, elle était réveillée tôt par les chiens et par les canards de l'étang qui longeait le terrain où était posé le mobil-home. Ils avaient un cri moqueur qu'elle supportait mal. Deux cygnes noirs étaient là aussi. Sur l'eau, leur port altier pouvait sembler impressionnant, mais lorsqu'ils étaient sur la berge, debout sur leurs courtes pattes, ils paraissaient bien moins princiers. Elle les préférait ainsi, dans leur gaucherie, et elle aurait pu passer des heures à observer leur bec orange ourlé de blanc, ainsi que le noir si profond de leurs plumes.

Elle appréciait ces compagnies qui n'en étaient pas vraiment, mais dans lesquelles elle trouvait une forme de contact rassurant avec le réel et le vivant, sans se sentir liée par la moindre obligation sociale – pas de discussion, pas d'origine à expliquer, pas de projet à formuler, pas de nouvelles à prendre, rien d'autre qu'une cohabitation lointaine et sereine. Ils avaient leur vie, tous, ces canards et ces cygnes, comme ces chats qui erraient, les chiens, les chevaux, les oiseaux qu'elle entendait quand le bruit de la ponceuse cessait de bourdonner dans ses oreilles. Comme la chouette qui la réveillait la nuit, dans ce mobil-home aux parois si fines que bien souvent, elle avait l'impression de dormir dehors. Elle aimait faire partie d'eux, savoir que ses bruits à elle, ses mouvements, n'avaient rien de différent des leurs.

Souvent le matin, elle enfourchait un des vélos du chenil et allait faire un tour. Le mouvement la déverrouillait avant l'effort du ponçage. Elle passait devant les maisons, les quelques commerces, elle se faisait doubler par des véhicules utilitaires blancs ou des camions qui alignaient presque tous, sur la banquette avant, trois ouvriers avec, au centre, le plus jeune, les yeux rivés sur son téléphone. Des maçons, des couvreurs, des charpentiers, des plombiers, des électriciens.

Le jeudi, elle croisait le Savant en route vers le chenil où il venait donner un coup de main, discuter un peu avant de retrouver les copains au bar. Elle reconnaissait sa voiture aux bois de cerf qui ornaient son tableau de bord. Si jamais il devait piler subitement, le moindre de ces andouillers pourrait lui crever un œil ou perforer n'importe quelle partie de son corps. Mais le Savant le savait, inévitablement. Et son savoir le préservait d'à peu près tous les risques, de toute évidence. Le Savant savait tout, et chacun savait que le Savant savait tout. Alors tout le monde l'appelait par ce nom, et tout le monde n'écoutait que d'une oreille ses analyses et ses conseils. Il ne posait jamais de questions, ne s'intéressait pas aux autres, à ce qu'ils pourraient lui apporter ou lui apprendre. Il coupait la parole, parlait de pays où il n'avait jamais mis les pieds, commentait l'actualité, trouvait des solutions à tous les problèmes de la planète, faisait des plans pour les autres. Il ne se rendait pas compte qu'il parlait seul souvent, malgré les gens qui l'entouraient et qui avaient pris le pli de vivre leur vie avec les mots du Savant en fond sonore. Ça lui allait et ça leur allait. Le Savant savait et c'était aussi ce qui le rendait généreux. Parce qu'il avait solution et réponse à tout, il était le premier à rendre service, ne comptant jamais les heures ni les kilomètres pour aller dépanner quelqu'un, débarder du bois, récupérer un chien perdu en forêt, charger des sacs de blé ou de maïs parce qu'il y en avait un qui avait dégoté un plan pour pas cher. On savait vaguement qu'il avait bossé toute sa vie dans une boîte d'électricité, mais son métier, sa vie chez lui, sa famille, personne ne s'en souciait vraiment. On le voyait, le mercredi et le samedi à la chasse, dans sa bagnole ou parfois, rarement, à vélo. On savait qu'il était là en cas de besoin, qu'il ne crachait pas sur le Ricard, qu'il ne faisait jamais d'histoires, et qu'il avait réponse à tout, c'était déjà pas mal. Flo qui l'observait de loin n'aurait pas été contre avoir, parfois, un peu de cette certitude. Une quantité négligeable, rien de bien méchant, pas de quoi partager avec le reste du monde, une petite solidité intérieure. Un socle sur lequel poser ses fesses sans rien risquer. Elle ignorait où le déceler en elle mais elle avait l'intuition que c'était peut-être là, en ponçant des planches au milieu de la forêt.

Ses gestes et le ronronnement désagréable de la ponceuse la mettaient dans une sorte de léthargie active. Elle avait sa routine, des gestes circulaires sur chaque face, un coup sur les arêtes. Elle avait aussi rôdé sa façon de retourner les planches et de les disposer au sol. Elle appréciait de retrouver une forme de mouvement et de sentir ses muscles se contracter. Elle se sentait forte et ça lui faisait du bien. Il n'y avait là qu'un mirage, elle n'en doutait pas, mais c'était ce dont elle avait besoin. Son corps qui avait arrêté de patienter avait pris la route, c'était lui qu'elle aimait le plus. Sa saleté, ses nouveaux contours, ses nouvelles odeurs même, elle aimait tout ça bien plus que le reste – les ongles vernis, les chaussons. Quelques instants, elle pensa à Brice, à Virginie et même un peu à Nicolas. Ils s'inquiétaient sûrement, mais que faisaient-ils d'autre ? Qu'avaient-ils fait de sa disparition ? Pour la première fois, l'idée de ne jamais rentrer lui traversa l'esprit. Elle réalisa alors que depuis son départ, elle ne s'était jamais projetée. Revenir un jour ou jamais, elle ne savait pas. Que diraient-ils si elle réapparaissait ? Où irait-elle si elle continuait ainsi, à marcher et à offrir son travail en échange d'un toit ? Quelle femme était-elle en train de devenir, loin de chez elle ?

– Tu sais faire plein de choses, toi.

– Pas plus que les autres. C'est juste que je n'ai pas peur de me salir. Essaie.

– Essaie quoi ?

– De ne pas avoir peur de te salir.

– Tu me prends pour qui ? Une châtelaine ?

– Je n'ai jamais dit ça.

– Tu as l'air de le penser.

Daguet ne trouva rien à ajouter. Diane était parfois trop complexe pour lui. Elle avait tellement de nuances qu'il ne savait jamais précisément qui il avait face à lui. Il aimait ça, ces variations. Elle était riche.

– Je ne suis pas une châtelaine. J'ai grandi comme toi, ici, avec les chevaux et les chiens.

– Je sais bien.

Il ne voulait pas la vexer. La différence de classe, il s'en fichait. Ça ne voulait rien dire pour lui. C'était un sujet de sociologie ou de philosophie qui n'aidait pas. Diane était née avec des parents qui avaient un château, ça ne voulait pas dire qu'ils avaient de l'argent. Lui était né dans une petite maison et il n'avait jamais manqué de rien. Elle montait les chevaux quand lui nettoyait leurs box. Il était arrivé là où il espérait arriver un jour. Il lui semblait être devenu celui qu'il voulait être.

Diane travaillait à Paris, partait en voyage à toutes les vacances, parlait couramment anglais. Elle devenait elle. Il savait qu'elle voyait d'autres hommes, plus âgés même parfois. Elle avait sa vie, lui la sienne, et ils se rejoignaient parfois. Il n'y avait rien d'autre à dire de tout ça. Alors il ne dit rien, comme souvent. Cela pouvait laisser penser qu'il n'avait rien à exprimer, ou qu'il s'en fichait. Ce n'était ni l'un ni l'autre. Uniquement qu'il trouvait qu'il n'y avait rien à commenter.

– Je ne suis pas une châtelaine, insista Diane.

– D'accord.

– D'accord ?

– Oui, d'accord. Tu n'es pas une châtelaine.

– Tu m'énerves.

Les profs aussi, ça les énervait à l'époque. Ses parents, ses frères, ses collègues et toutes ses petites copines, ça les énervait qu'il soit d'accord. Qu'il n'ait pas envie de démontrer qu'il avait raison ou qu'ils avaient tort. Lui, ça ne l'énervait pas que ça les énerve. Ça ne l'énervait pas qu'on ne pense pas comme lui, qu'on ne le croit pas, qu'il n'y ait pas de gagnant.

– Tu as l'air d'être tout le temps d'accord avec tout le monde. Tu n'as pas d'avis ou quoi ?

– Si, j'ai des avis. C'est parce que j'ai des avis que ça ne me dérange pas que les autres en aient.

Diane eut envie de dire quelque chose. Peut-être même de l'accuser de philosopher. Mais Daguet était désarçonnant de sincérité et elle le trouvait tellement séduisant de ne pas être tordu comme tous les autres hommes qu'elle fréquentait. Il ne disait rien de trop, jamais. Il ne parlait pas pour envoyer des messages. Il semblait ne rien attendre de personne.

Elle ne savait pas d'où ça pouvait bien lui venir, ce détachement que tous ceux qu'elle connaissait quêtaient ailleurs, dans l'alcool ou la drogue souvent. Lui semblait avancer un pied devant l'autre. Écouter avec ses deux oreilles, sans aucun filtre pour déformer les paroles des autres. Il parlait pour dire uniquement, presque sans espoir, et parfois même pas celui d'être entendu. Il était de loin la personne la plus saine de son entourage. Et qu'il n'y ait pas de jeu entre eux, pas de calcul, pas de sous-entendu, ça le rendait tellement attirant. Lorsqu'elle le voyait sur son cheval, en forêt, sa meute derrière lui, et sa voix qui portait, forte et sûre, elle en vibrait de désir. Comment pouvait-il avec son ton tranquille, se demandait-elle alors, percer ainsi la forêt de ses appels ? « Au coute, au coute, mes beaux ! » Les chiens le ralliaient, et lui y allait, de sa voix, de son souffle dans la trompe, la sueur sous sa toque.

– Comment tu te sens ici, maintenant que tu es piqueux ?

– Je me mets la pression. Ce n'est pas à toi que je vais apprendre que j'ai mes preuves à faire. Ton père m'attend au tournant, et il n'est pas le seul. Les chiens m'écoutent et ils travaillent sérieusement, mais ils manquent encore d'expérience pour la plupart, et parfois de discipline. Ils peuvent se montrer brillants comme décevants. J'attends de voir ce que ça va donner à la chasse, mais j'imagine que les résultats ne viendront pas tout de suite. J'essaie d'avoir confiance.

– Tu as raison. Je crois en toi, moi !

Ils se regardèrent, puis s'éloignèrent. Le son de leurs voix s'amenuisa à mesure que la tension entre eux se faisait plus nette et plus forte, aussi hypnotique que la chaleur floutant le goudron sur la route.

Flo, de l'autre côté de la paroi du mobil-home, s'était laissé bercer par les voix de Daguet et Diane au loin, comme des souffles, jusqu'à s'assoupir. À son réveil, plus aucun bruit, et la fatigue de ses premiers jours ici qui l'avait attendrie, ce matin, raviva sa colère. À moins que ça ne soit cette voix de femme qu'elle avait entendue aux côtés de Daguet. Cette façon de parler, doucereuse, qui semblait avoir le pouvoir de ramollir celle du piqueux.

Soudain, elle ne supporta plus la passivité qui débordait d'elle. Là, dans ce mobil-home brûlant, les vies, les voix des autres l'agressaient. Elle se sentit rattrapée par toutes ses tristesses. Elles formaient un bloc compact et occupaient chaque centimètre carré de son corps. Par moments, elles devenaient un désespoir dont elle ne percevait pas le fond. Un trou qui ne l'aspirait pas, qui ne l'aimantait pas non plus, mais qui grandissait sans cesse et la faisait reculer, ses pas cherchant comment échapper aux bords friables, aux cailloux qui roulent sous les pieds. Elle sentit que le risque existait qu'elle trébuche sans parvenir à s'accrocher à quoi que ce soit pour ne pas finir engloutie par ce grand rien indéfinissable. Rien de grave, rien de dangereux, pire que ça. Un grand rien justement, sur lequel il était impossible de poser des mots, qui n'ouvrait sur aucune perspective, aucune intention, aucun désir.

À d'autres moments, ses tristesses se muaient en colère, et Flo alors devenait une sorte de tôle rougeoyante, chaude et dangereuse. Elle se retenait de hurler. Tout l'emportait sans raison. Elle pensait à Brice avec, au fond du cœur, une rage coriace. Elle lui en voulait d'avoir fait d'elle cette femme docile et silencieuse. Qu'ils crèvent tous, pensa-t-elle. Les hommes, les femmes, leurs semences, leurs croyances. Elle n'en avait rien à foutre, Flo, de leurs espoirs.

Elle se décida à sortir, l'humeur mauvaise et les muscles tendus, prête à en découdre même si elle ignorait contre quoi se battre. En réalité, elle savait quel besoin fourrageait en elle. Elle voulait savoir. Demander à Daguet : « C'était qui la fille avec laquelle tu parlais tout à l'heure ? » Ce à quoi, elle ne savait pas bien pourquoi non plus, elle aurait aimé qu'il réponde : « Personne, c'était personne. » C'était ça, ces mots-là, elle le sentait dans son estomac, qui la soulageraient vraiment.

Lorsqu'elle ouvrit la porte, elle le vit immédiatement. Sa cotte qui s'agitait, le bras tendu aussi loin que possible sous le mobil-home. Et à côté de lui, l'homme du bar, les bras croisés.

– Toi qui es toute menue, tu pourrais te glisser là-dessous et me les filer ?

– Te filer quoi ?

– Les chatons. Il y a encore une portée.

Dans le seau à côté de Daguet, elle en vit déjà deux qui se tortillaient.

– Tu vas en faire quoi ?

Elle savait très bien ce qu'il allait en faire et c'était parce qu'elle le savait qu'elle demandait.

– Il y a des portées toutes les semaines. Des chats errants. Je ne m'en sors pas. C'est dur de s'en débarrasser. La faute à Bardot avec ses croquettes !

Flo ne sut pas si ce qui était dur, c'était de faire en sorte qu'il n'y ait plus de chats, ou le fait de les tuer – le moment où il tapait le sac contre le mur ou remplissait le seau d'eau en observant les petites gueules chercher de l'air. Son grand-père à elle faisait ça aussi, parce que plus personne n'en voulait de ces chats par dizaines, ni les voisins, ni les associations, ni les refuges, personne. Ici comme ailleurs, ces chats vivaient jusqu'à ce qu'on les trouve, pas plus. Daguet ne lui dit pas que parfois, ils étaient tirés à vue. Pas par lui mais par le Cheminot dont Flo tentait à tout prix d'éviter le regard depuis qu'elle l'avait reconnu. Lui aussi savait qui elle était. Il souriait, l'air de rien, comme un prédateur qui attend son heure. Il n'avait pas d'état d'âme ; il venait avec son fusil et il tirait sur tous les chats qui passaient. Daguet, ça lui donnait la nausée. Il pouvait servir un cerf, noyer des chatons, mais tirer sur des chats ou sur des chiens, il ne pouvait pas. Il ne savait pas à quoi ça tenait, une vie qui vous bouleverse et une autre qui vous indiffère. Le Cheminot, Daguet soupçonnait que ça l'amusait. Les chats du chenil étaient sa chasse gardée. Son fief de tordu, son petit pouvoir. Et Daguet était trop jeune, trop nouveau en quelque sorte, pour imposer des choses encore. Alors, puisqu'il ne voulait pas que le Cheminot vienne trop régulièrement faire son carnage avec son fusil, ses certitudes, et peut-être même son sourire, il devait veiller, ne pas laisser les chats envahir le chenil. Les tuer dès qu'ils naissaient.

– Tu les emmènes où ?

La voix de Flo trembla plus qu'elle n'aurait voulu. Elle s'en foutait des chats, mais c'était cette proximité soudaine de la mort, sa programmation, et le fait de savoir que c'était lui, précisément lui, sa main à lui, qui allait s'en occuper d'ici quelques minutes, qui lui faisait bizarre. Daguet jeta un coup d'œil vers elle et répondit :

– Là-bas, derrière. On a un four pour brûler les os.

Il se releva.

– C'est bon, je les ai tous, je crois. T'embête pas.

Il prit le seau et s'en alla. Le Cheminot suivit.

Flo n'avait jamais rien tué d'autre que des insectes. Le long de sa route, les animaux morts avaient été tapés par des voitures. Des hérissons, des lapins, des chats, des chiens, des renards de temps en temps, des blaireaux parfois, des chevreuils. Éventrés et aplatis au milieu de la chaussée, ou affalés sur le bas-côté, presque intacts. Des cadavres sans histoire, sans coupable. Là, les chatons que Daguet allait tuer lui-même, c'était étrange, et elle secoua la tête pour éviter de visualiser le four. Sa curiosité s'arrêtait là. Elle avait la mort pour limite.

Il eut envie de rire mais au lieu de cela, il se dirigea vers elle, sans précipitation, se demandant quelle expression il trouverait sur son visage lorsqu'il serait assez près d'elle pour distinguer ses traits. Flo avait envie de hurler mais c'était sans aucun doute la honte qui fronçait la peau de son front et l'espace entre ses deux yeux. Après le ponçage des planches, Daguet lui avait confié plusieurs autres tâches. Cela faisait des jours qu'elle tentait de se familiariser avec le maniement de la brouette qui contenait la soupe des chiens, sans succès.

– C'est arrivé à tout le monde ici, lâcha-t-il une fois près d'elle.

Il lui prit la pelle des mains et ramassa ce qu'il pouvait de la soupe des chiens tombée par terre – de la viande mélangée à du riz, des flocons de maïs et des croquettes, tandis que Flo relevait la grosse brouette.

– Elle est pas faite pour ça, cette brouette.

Face au silence de Flo, il ajouta :

– Mais ça sent bon tout ça. Tu as rajouté des fines herbes ou quoi ?

La tentative de dédramatisation la fit enfin sourire.

– Bien sûr, et puis un peu de safran aussi.

Elle lui reprit la pelle des mains.

– Si Monsieur le piqueux veut bien me laisser faire.

D'un signe entendu, il se chargea de la brouette et ils remontèrent ensemble jusqu'au sas entre la cour d'honneur et la cour d'ébats.

Devant les auges alignées, Flo copia les gestes qu'elle avait vu Daguet faire. C'était la première fois qu'elle osait. Daguet la laissa remplir les mangeoires de soupe, aussi surpris de la voir prendre une telle initiative que de sa capacité à lui de l'y autoriser. La soupe était un temps privilégié durant lequel il observait ses chiens, repérait et notait dans son petit carnet les noms de ceux qui ne mangeaient pas, restaient en retrait. Il avait formellement refusé lorsque son patron lui avait demandé de servir la soupe à midi devant des visiteurs ou des membres d'équipage qui y voyaient un spectacle réjouissant. « Certainement pas ! » s'était-il offusqué. Il lui avait fallu oser dire non, à ça dire non, parce que ce n'était pas possible. Il ne pouvait pas sacrifier ce moment-là au folklore.

Une fois les auges pleines, Flo quitta le chenil. Elle avait observé la façon dont Daguet opérait et il était temps de se retirer. Le piqueux ouvrit la porte de la cour d'ébats. Les chiens s'amassèrent derrière lui. Leurs coups de gueule résonnèrent mais aucun ne le dépassa.

– Sagement. Sagement.

Face aux mangeoires, leur impatience était épaisse et agitée. Mais ils attendaient.

Daguet tint son fouet levé, jusqu'à ce que le silence se fasse.

– Arrête !

Le son des pattes sur le sol et le bruissement des corps mêlés formaient une masse sonore de plus en plus discrète. Plus un bruit de gorge. Daguet baissa tranquillement son fouet. Les chiens se ruèrent sur la nourriture.

– Soupe ! Soupe ! Soupe !

Flo fut de nouveau surprise. Sans rage ni hargne, la centaine de chiens dévorait leur nourriture, se grimpant les uns sur les autres, aussi affamés que tranquilles. Au milieu du bruit de leurs mâchoires, Flo récupéra la grosse brouette et s'éclipsa, laissant Daguet au milieu des siens.

Lorsqu'il la retrouva quelques minutes plus tard dans la cuisine, il ajouta ses gestes aux siens. Sans rien se dire, ils frottèrent les gamelles grasses dans lesquelles il mettrait tout à l'heure la viande de demain à cuire. Flo était efficace et consciencieuse. Daguet se dit qu'elle pourrait s'occuper de la soupe, les matins de chasse. Peut-être même garder le chenil en son absence. Il y aurait Damien bien sûr, le valet de chiens. Mais Flo aussi, Flo encore là peut-être. Il chassa l'idée de sa tête. Qui était-elle ? Combien de temps resterait-elle ? Il n'en savait rien et soupçonnait qu'elle non plus. Il se contenta de lâcher :

– Je vais aux abattoirs cet après-midi. Demain, on leur donnera des carcasses de poulet.

Flo opina, dans le nez l'odeur de viande et d'huile de foie de morue mélangée à celle du détergent.

Ce soir-là, comme les précédents, Flo vit à l'écart du parking la voiture de Diane, cette blonde lointaine qu'on ne lui avait jamais présentée. Elle quêtait et requêtait ; Daguet en ligne de mire, sa proie évidente. Vers 22 heures, elle le rejoignait et s'en allait au petit matin. Flo ne voulait rien savoir de tout ça. Alors dans son lit, de toutes ses forces, elle plissait le visage pour ne rien entendre, ne rien voir.

Daguet, lui, ne situait plus trop ses envies. La première chasse arrivait et il se demandait s'il allait être à la hauteur. Son rêve lui semblait, d'un coup, trop grand, trop lourd aussi. Pierre-Étienne de Bellecroix passait tous les jours. Il traînait au chenil, l'interrogeait. Distillait sa pression. Il n'écoutait jamais les réponses de Daguet, auxquelles il préférait les idées qu'il avait déjà en tête. À quelques jours de la première chasse, sa présence quotidienne pesait déjà sur son piqueux. Il faisait assaut de vigilance, quitte à exagérer l'enjeu. Quels chiens pour la première chasse ? Les marquages étaient-ils achevés ? Quel cheval ? Quel cheval de relais ? Avait-il bien prévu les laissez-passer, prévenu les valets de limier, pensé à tout, rien oublié ?

Daguet était sur tous les fronts. Les après-midi de repos devant le Tour de France, les baignades tranquilles des chiens dans l'étang, les sorties à pied avec les plus jeunes, avaient laissé place à un programme de préparation chargé. Désormais, il sortait les chiens à cheval, deux à trois fois par semaine. Dans la forêt, il les emmenait au pas, puis au trot, puis au galop pour travailler leur endurance. Il surveillait leur poids, les soignait comme de grands sportifs.

Aidé d'Hubert et du Savant qui l'accompagnaient à vélo le plus souvent, il mettait les chiens aux ordres au milieu d'une allée, avant de s'éloigner de trois, quatre cents mètres. Les chiens immobiles, crevant d'impatience et sages pourtant, attendaient le signal de leur maître. Dès que, de sa trompe et de sa voix, Daguet les rappelait, ils se précipitaient, tirés en avant par leur instinct et leur discipline.

Depuis le mobil-home, Flo observait les chiens et Daguet qui, au retour de leurs sorties, se rafraîchissaient à la queue de l'étang. Sur la petite plage, le piqueux laissait ses chiens entrer dans l'eau. Souvent, il les rejoignait. D'abord sur son cheval, puis sans. Il se glissait au milieu des chiens, et le cœur de Flo battait plus fort dans sa poitrine. Il nageait tout habillé, autorisant les chiens à sauter sur lui, lécher son visage. Il les regardait avec une tendresse qui n'avait d'égal que sa fermeté, et Flo se sentait à la fois privilégiée et gênée d'assister à ces scènes.

Il y avait dans la relation de Daguet avec ses chiens quelque chose de tellement désarmé, de si pur, pensait-elle, que ça lui pinçait le cœur. Dans la cour d'ébats, lorsqu'il cassait les galeries creusées par les chiens dans le sable pour trouver le frais et qu'ils l'entouraient de leur curiosité, le poussaient de leur museau, lorsqu'il entrait dans les petits chenils où étaient regroupés les chiots nés en avril, qu'il les laissait lui sauter dessus, de toute leur vivacité et de toute leur gaucherie pataude, à tous ces moments-là, Daguet semblait à sa place.

– Tu n'en as jamais marre d'eux ?

Les doigts accrochés aux grilles des petits chenils, Flo souriait en observant un chiot tirer de toutes ses forces sur le bout de tuyau que Daguet tenait à la main.

– Ce sont des voyous mais ils sont toute ma vie ! On s'aime.

En pointant l'un d'eux du doigt, il ajouta :

– Elle là-bas, tu la vois ? Quand je suis arrivé en avril, elle venait tout juste de naître. Au bout de deux semaines, son œil gauche ne s'est pas ouvert. M. de Bellecroix voulait la tuer. Regarde, elle est toute chétive. Tu veux la caresser ?

Il ouvrit la porte et invita Flo à entrer. Les chiots se ruèrent sur elle. Leur force la surprit. Ils étaient jeunes mais déjà puissants. Daguet leur ordonna d'arrêter. Il posa sa main sur le coude de Flo et la conduisit jusqu'à la petite chienne isolée dans un coin dédié du chenil.

– J'ai demandé à la garder. Son père Vagabond et sa mère Vitesse étaient deux chiens excellents. Je suis sûr qu'elle aurait été une très bonne chienne de chasse. Mais elle est trop fragile.

Il saisit soudain la main de Flo et la mit sur la chienne allongée au sol :

– Tu ne crains rien avec Crevette.

Troublée, Flo se concentra sur la petite chienne qui la regardait de son unique œil ouvert.

– Tu l'as appelée Crevette ?

Daguet sourit.

– Regarde-la, je lui concocte des gamelles spéciales, je prends soin d'elle mais elle reste toute maigrichonne.

– Tu vas la garder ?

– M. de Bellecroix a accepté que je la garde, oui. En quelques semaines, elle est devenue la mascotte du chenil. Elle ne chassera jamais mais je ne peux pas imaginer qu'on la tue. Même si son histoire est écrite.

– C'est-à-dire ?

– Ses parents sont tous les deux morts d'une crise d'urée. Étant donné sa fragilité, il y a fort à parier qu'elle connaisse le même sort un jour. Mais c'est pas grave. Qui a dit qu'il ne fallait pas vivre de savoir qu'on va mourir ? La forêt et la chasse sont les meilleurs endroits pour apprendre ça.

Il aida Flo à se relever et, comme rappelé à l'ordre après

s'être laissé aller à la confidence, enchaîna avant qu'elle ait le temps de réagir :

– Demain, je participe à une fête de la nature et de la chasse. On emmène une cinquantaine de chiens, on fait un parcours avec eux, on sonne un peu. Je peux te demander de t'occuper des chenils ? Ramasser les grenades, remplir les seaux d'eau fraîche.

– Les grenades ?

– Les crottes des chiens. Damien sera là aussi. Tu veux bien ?

Flo fit oui de la tête. Sous ses pieds, ce qu'elle sentait bouger n'était plus ces fourmis qui l'avaient poussée à partir mais des racines qui, chaque jour un peu plus, l'ancraient dans ce lieu improbable où un chien peut avoir le nom d'un crustacé.

Le mobil-home était une boule de feu qui la détenait. Même la fraîcheur de la nuit n'y pouvait rien. Les parois plastifiées étaient chaudes, la moquette était chaude, les draps, l'oreiller, la nuque de Flo collaient. Mais ce n'était pas ça, pas plus que les coups de gueule des chiens, qui l'empêchait de dormir. Pas ça qui la tenait éveillée. Elle ne dormait pas, comme elle ne vivait pas vraiment.

Le mouvement l'avait détournée. L'avait comblée. Sa verticalité et ses pas qui s'enchaînaient avaient été une façon de trouver place au milieu des vivants. Même si ça avait été pour fuir, ne rien faire d'autre que décamper. La nuit, à présent, son corps allongé qui n'attendait que le repos de ses membres étourdis par un effort démesuré pour elle, pas préparé, pas équilibré, violent et méprisant, un effort en colère, ne pouvait se résoudre à l'immobilisme.

Les pensées de Flo rabâchaient : il n'y avait pas de place pour elle, elle n'avait pas de place, tu n'as pas de place. Voilà ce qui traversait ses jambes étendues qui avaient cessé de marcher, ce qui agitait son corps tout entier, qu'il fasse 7, 12, 27 ou 35 degrés, qu'elle ait cheminé au-delà de ses limites ou pas. Quand ses yeux de marcheuse s'ouvraient sur les questions et l'imagination, ses yeux clos de dormeuse étaient d'une clairvoyance aveuglante. Elle ne voyait aucun petit espace qui pourrait prendre sa forme, comme le chien dans son panier, les chatons dans la paille. Aucun refuge où retourner se coucher. Le noir de ses paupières la broyait jusqu'à ce qu'elle n'en puisse plus et que, malgré la fatigue, elle soit uniquement capable de se lever, sans savoir quoi faire, sans avoir envie d'aller où que ce soit. Dans le noir, se mettre debout seulement, dans une position d'attente, un sas entre le sommeil qui se refusait à elle et le mouvement à venir qui calmerait les questions.

Cette nuit-là, dans le salon du mobil-home, les yeux de Flo passèrent en revue le contenu des placards. Une manière de se calmer. Sur la première étagère : une boîte de maïs doux vanille Rameau, du blé cuit Dudule, du maïs au miel Sensas. De la crème contre les brûlures et les coups de soleil, une boîte de mouchoirs, des cigarillos Amigos Authentic fabriqués en Belgique, une petite boîte d'allumettes bleu ciel Gauloises. Sur la deuxième, du raticide canadien, des gâteaux apéro, un spray anti-moustiques et encore des boîtes d'allumettes, mais d'un format classique, avec un beagle sur l'une, et deux chevaux qui courent sur l'autre. Dans un autre placard, il y avait quelques bouteilles d'alcool : du whisky écossais, du Ricard entamé, du Malibu et du pouilly fumé. Naturellement, du riz, du café, du sel, du sucre, du vinaigre, des ampoules. En vrac sur les banquettes étaient allongées des cannes à pêche, plusieurs, et une épuisette. À côté, un chapeau de paille avec le nom d'une marque de fournitures de pêche qu'elle ne connaissait pas, et des boîtes d'hameçons.

Dans le silence, l'angoisse montait en elle. Si elle ne marchait pas, que faisait-elle ? Comment en était-elle arrivée là ? La main de Daguet semblait encore posée sur elle. Faisait tourner sa tête. Alors qu'elle se recroquevillait sur la banquette qui faisait face à la porte, Flo sentit soudain les poils sur ses jambes. Elle n'y avait jamais pensé jusqu'à présent, à ces poils que depuis des semaines, elle laissait pousser sur elle. Ils étaient un message, elle le réalisa en passant les pieds le long de ses tibias. Depuis son départ, elle ne s'était jamais posé la question de sa désirabilité. Elle portait les vêtements dont elle disposait, ceux qu'elle avait trouvés dans le placard de la chambre du mobil-home. Elle bougeait son corps dans le but d'effectuer les mouvements dont elle avait besoin pour réaliser telle ou telle tâche, sans aucune autre intention. Ses gestes n'étaient jamais des appels, encore moins des sous-entendus. Ses cheveux avaient poussé aussi, et elle les attachait la plupart du temps pour qu'ils ne la gênent pas.

Ses poils longs formaient une épaisseur sur ses jambes. Ils étaient doux. Sous ses bras aussi, ils étaient là. Lorsqu'elle en prit conscience, elle se représenta ces codes comme des cordes qui tiraient sur ses pensées. C'étaient des conventions inscrites en elle et dont elle mesurait la difficulté à s'en affranchir. Elle repensa à toutes ces fois où ses poils avaient pu être vus, dire des choses d'elle, être sujets aux critiques de ceux qui ne la connaissaient pas – sa négligence, son incurie même peut-être, son manque de féminité certainement. Pourtant, alors que les hommes d'ici la reluquaient, elle le savait, n'ignoraient pas sa présence, aucun n'avait jamais commenté ces poils sur son corps. Ceux-ci n'avaient empêché aucun regard gras, peut-être quelques libertés, quelques mains aux fesses, ou tentatives, mais n'avaient jamais fait l'objet de remarques ciblées. Peut-être avait-elle gagné ces égards à la force de son travail, grâce à sa discrétion et son efficacité. Son profil bas.

Elle se demanda si elle n'était pas en train de devenir comme ces gens indifférents à tout, qui ne participaient jamais à rien, ni au meilleur ni au pire. Que laisserait-elle, hormis ses gestes effacés par le temps ? Pas une idée, pas une trace, chez personne ? Elle ne voulait pas s'effacer, disparaître ou ne pas exister. Elle ne voulait pas ne plus penser. Mais elle comprenait que la lutte qu'elle avait quittée, sa rage envers les rustres et les brutaux, les commentaires qui faisaient gonfler le brouhaha médiocre du monde, la rattraperaient si elle baissait la garde. Si elle épilait ses poils, la colère et le jugement s'infiltreraient dans les espaces libérés par les bulbes arrachés, et reviendraient, sans honte.

Il lui fallut l'angoisse lourde des non-réponses pour affaisser ses épaules et abaisser ses paupières. Finalement, le vide du sommeil valait mieux que celui de l'éveil, et Flo se rendormit, le corps adossé au coussin droit de la banquette, la bouche légèrement entrouverte. La nuit était quelque chose d'impossible, contre laquelle personne n'était de taille à lutter. Il ne restait plus qu'à fermer les yeux sur elle.

Dans le matin qui éclairait l'intérieur du mobil-home, Flo reconnut immédiatement le bruit des hamsters, leurs couinements aigus et désagréables quand ils avaient faim. Il y en avait à vendre à l'animalerie où elle avait travaillé à une époque. Au début, elle ne sut pas si c'était une illusion, un écho de sa vie d'avant. Les petits cris semblaient venir de sous le mobil-home et bientôt ce fut une certitude. Ce n'étaient pas des hamsters mais des chatons, de nouveau.

Elle sortit, jeta un œil alentour et découvrit le chenil calme, avec une cinquantaine de chiens en moins, sans Daguet, tous partis à cette fête dont il lui avait parlé la veille. Elle se pencha pour explorer sous le mobil-home et ne mit pas longtemps à les trouver. Un petit tas de chatons minuscules collés les uns contre les autres, qui poussaient leurs cris parce qu'ils ne pouvaient rien faire d'autre qu'appeler. Flo non plus ne savait pas quoi faire. Les prendre et risquer que leur mère les abandonne, refusant de nourrir ces bêtes qui portaient l'odeur d'une humaine ? Les laisser là et risquer que Daguet les découvre et les emmène comme tous les autres avant, les noie, les brûle ?

Une nouvelle fois, elle fut anesthésiée par la décision à prendre, les raisons qui pourraient étayer tel ou tel choix s'accumulant en elle. Elles se mêlaient et l'emmaillotaient. Flo ne savait pas ce qu'il fallait faire. Elle ne voulait ni agir ni ne pas agir. Elle en était là. Avait-elle le temps de réfléchir ? Avait-elle ce temps qui permet de soulager les choix, les fait sans vous ? Pouvait-elle se donner quelques jours pour voir si la mère nourrissait bien ses chatons, s'ils parvenaient à grandir et à grossir suffisamment ? Maintenant qu'elle était là, Daguet ne les trouverait peut-être pas. Et puis, il viendrait moins par ici avec la saison de chasse qui allait débuter. Ils avaient peut-être une chance.

À genoux sous le mobil-home, elle avança légèrement et les cailloux les plus fins s'incrustèrent dans sa chair, là où son jean était déchiré. Son intuition progressa en elle, plus résolue, plus volontaire que sa capacité de décision. Elle tendit la main, saisit les chatons un par un ; il y en avait cinq. Elle les déposa doucement dans son tee-shirt, où ils formèrent, sur son estomac, un poids léger et chaud. Ça y est, elle les avait pris.

Elle grimpa dans le mobil-home et ferma à la hâte la porte derrière elle. Elle sentit bouger les petites bêtes contre son ventre. Son larcin. Maintenant, les décisions à prendre allaient pleuvoir mais elle s'en moquait. Ce n'était ni un projet ni un combat, ni au nom de la vie ni au nom de quoi que ce soit, mais quelque chose qu'elle ressentait d'opérer. Elle ne voulait pas savoir si elle les sauverait ou pas, si eux la sauveraient de quelque chose. Elle s'en moquait. Elle ne pouvait pas voir au-delà des parois, pas plus loin que les sept mètres de long et trois de large du mobil-home. Elle voulait juste toucher les poils doux, observer le rythme des respirations indifférenciées, et calmer les cris aigus de la famine.

Ce soir, il n'avait pas envie de voir Diane. Son désir l'encombrait. Diane, volubile, sûre d'elle, qui marchait en dansant presque, l'empêchait de vivre ce doute qui rend plus volontaire, revanchard presque, qui vous anime tout entier et vous fait vous jeter dans l'arène. La veille de sa première chasse, Daguet avait besoin de ressentir ça mais Diane prenait toute la place. L'inondait même.

Tout en remuant la soupe des chiens, il pianota un message sur son portable : « Encore beaucoup de choses à faire d'ici demain. On se voit au rendez-vous. Je t'embrasse. » Il savait qu'ils étaient libres mais il ne pouvait pas s'empêcher de s'en vouloir un peu. Cela faisait plusieurs jours déjà qu'il redoutait de la voir. Parce que son patron pouvait passer à toute heure, parce qu'il avait d'autres choses en tête. Mais aussi, s'il voulait être tout à fait honnête, parce qu'il se demandait où tout ça le menait. Ils s'étaient beaucoup vus cet été et son désir s'était un peu émoussé. Diane le rendait dingue depuis son plus jeune âge et l'avoir dans son lit avait un petit goût de victoire. Mais il s'était lassé aussi de leur relation extrême, entre absence totale et présence excessive. Et puis, c'était insidieux, presque impossible à décrire, mais la présence de Flo avait éveillé d'autres choses en lui. Par effet miroir, elle avait révélé les exagérations de Diane, ses manières un peu princières. Avec sa sobriété et sa distance, elle avait pris une place particulière dans sa vie. Il se sentait proche d'elle, de sa rage à peine contenue qu'elle transformait en retenue. Tous deux étaient de ces féroces qu'il vaut mieux laisser sommeiller.

Il aurait aimé passer une soirée calme, se coucher tôt, mais les visites au chenil n'avaient pas arrêté. Hubert et sa femme, le Savant, le Cheminot, Bonnefont, Claude, le Gros Jeff. Tomi et Damien, même Didier qui tenait l'épicerie. Chacun y était allé de sa tournée et Daguet avait dû faire un effort considérable pour ne pas se laisser emporter. Il les avait regardés, la tête ailleurs mais content de les voir là, autour de lui, ces gens de son monde, plus que tous ceux qu'il croiserait à la chasse demain, devant lesquels il devrait se découvrir en souriant.

Quand la dernière voiture s'en alla, Daguet sentit la pression enfler de plus belle en lui. Il se demanda s'il avait bien fait finalement de demander à Diane de ne pas passer. Peut-être aurait-elle su, elle, écrêter ses angoisses. Dans la sellerie, il passa en revue l'ensemble des équipements. Les selles, les étrivières, les filets. Sa tenue à lui, astiquée, rangée, nickel. Il se raserait demain matin, avant le départ. Les chiens étaient triés, prêts. Les chevaux ferrés, apprêtés eux aussi.

En quittant la pièce, il aperçut de la lumière dans le mobil-home. Plusieurs fois dans la soirée, il avait pensé à proposer à Flo de les rejoindre. Mais il s'était ravisé, ne sachant pas quoi lui dire, comment l'inviter à retrouver son univers. Là encore, sur le pas de la porte de la sellerie, il tergiversait. Était-ce l'absence de Diane ou la perspective du lendemain qui le poussa à y aller ? Daguet ne le savait toujours pas au moment où il frappa à la porte du mobil-home.

Flo ouvrit d'un coup sec, et une chaleur indescriptible envahit immédiatement Daguet. Flo ne parlait pas beaucoup. Elle était travailleuse, honnête, elle était sauvage mais pas insensible, farouche mais pas lointaine, insaisissable. Face à elle qui l'observait sans rien dire, il ignorait s'il était sur la défensive ou empli d'un désir qu'il ne se connaissait pas encore. Qui, s'il le laissait s'exprimer, pourrait tout ravager, l'emmener elle et lui en même temps.

– Ça te dirait de faire un tour ?

Flo sembla à peine surprise. Elle enfila une veste polaire accrochée là, sur la patère à droite de la porte, et suivit Daguet vers l'étang.

Le brame avait débuté depuis quelques jours à peine et dans la nuit bien installée, Daguet se retourna vers elle en lui faisant signe d'écouter. Là, ils stoppèrent leurs pas pour écouter les cris des cerfs montant vers les étoiles, col renversé en arrière. À la fin de chaque raire, Daguet sentait l'émotion lui serrer la gorge. Secrètement, il espérait que Flo ressente la même chose.

Il lui désigna un banc et ils s'y assirent tous les deux. Le silence épais entre eux ne pesait pas. Flo glissa les mains dans ses poches, appréciant la fraîcheur de la nuit.

– C'est demain alors ? Le grand jour.

Daguet tourna la tête vers elle en souriant en même temps qu'il allumait une cigarette. L'extrémité rougeoya dans la nuit et Flo refusa le paquet tendu vers elle.

– Ça va dans le mobil-home ? Pas trop galère sans électricité ni eau chaude ? Je suis désolé, il faut que je m'en occupe. Le mobil-home a été un peu laissé à l'abandon depuis Marmagne.

– C'est qui Marmagne ?

– Un copain. Un habitué du chenil. Un fou de chasse. Ça a été toute sa vie et ça lui a tout pris. Pour ne pas manquer celle du mercredi, il a arrêté d'aller à son travail. Alors il a perdu son travail. Après, il a perdu sa femme, sa maison. Mais il semblait heureux parce qu'il chassait deux fois par semaine, qu'on le chargeait de s'occuper des chiens, de les nourrir. Il circulait à vélo parce qu'on lui avait retiré son permis de conduire aussi, à cause des apéros. Tout le monde le connaissait dans le village. Il n'avait pas d'autre nom que celui de la rivière près de laquelle il était né. C'était son nom. Marmagne. Quand l'équipage lui a proposé le mobil-home pour le dépanner, tu n'imagines pas comme ça a été fort pour lui. Il a enlevé sa casquette et, les yeux pleins de larmes, il a levé son verre de Ricard en tremblant. Il n'a même pas pu lâcher son merci. Marmagne, c'était vraiment un bon gars. Il est mort là, dans le mobil-home, détrempé par l'alcool, et la peau sur les os.

Pour Daguet qui n'était pas piqueux ici à l'époque, la mort de Marmagne avait été d'une violence sans nom. Quand le cercueil était sorti de l'église, les sonneurs en tenue avaient levé leur trompe pour faire une haie d'honneur, puis ils avaient entonné *L'Hommage aux piqueux*. Daguet avait dû aller chercher dans le puits sans fond de son amitié pour parvenir à sonner sans trop trembler. En y repensant ce soir-là, il lui sembla qu'il ne pouvait rien exister de plus beau au monde que ces hommes malheureux fournissant pour leur ami l'effort titanesque de maîtriser leur souffle et la puissance de leur trompe afin de sortir des radoucis à la hauteur de leur émotion.

– « La lune éclaire le chenil / Une douce mélodie / Portée par le vent du soir, / Écoutez-la mes amis, / Sonnez avec moi sans retard. » Ça dit ça, l'adieu aux piqueux, ajouta Daguet.

Flo écoutait sans rien dire, le récit de Daguet comme un caparaçon sur elle. Elle aimait sa voix, sa présence, là, dans la nuit. Ils étaient deux êtres qui cherchaient leur place, se frayaient un chemin en ravalant leur envie de tout ravager. Pour cela, Flo était partie de chez elle. Daguet, lui, était revenu. Ensemble ici, ils faisaient comme ils pouvaient, tentant de rester sourds aux pulsations du monde.

Daguet se leva brusquement.

– Je vais essayer de dormir un peu.

Puis, sans réfléchir ni prévenir, il embrassa Flo sur le haut de la tête. En se détachant d'elle, des poils de sa barbe naissante s'accrochèrent à ses cheveux. Avait-il déjà fait quelque chose de plus intime ? Embrasser une femme sur le haut de la tête, à cet endroit qu'aucune bouche ne touche jamais. À la racine. D'un coup, son geste lui parut déplacé. Ce baiser dans les cheveux, comme une caresse sur une peau qui n'aurait jamais été touchée, ce n'était pas indécent, ce n'était pas incongru, c'était impudique. Flo, elle, se sentit frissonner, trembler même un peu.

En rentrant chez lui, Daguet se demanda pourquoi il n'avait encore jamais réussi à rester longtemps avec une femme. Il se demanda qui était Diane pour lui. Il se demanda avec qui il avait envie d'être. Se pouvait-il qu'il soit le seul dans cette forêt à sentir ce fil ténu entre eux, qui tirait depuis le bas de son ventre vers le sien à elle, vers son corps tout entier à elle ?

La forêt de septembre n'avait pas encore les couleurs de l'automne. Elle attendait, bougeait sans bouger, entre la fin de l'été et la rentrée qui arrivait. Son indifférence à l'égard du rythme des humains faisait d'elle un temple sacré, inviolable, malgré les tronçonneuses. D'une incroyable résilience, malgré les tronçonneuses, les coupes franches de l'ONF et les cris des rabatteurs et des chasseurs.

Au point du jour étaient là cinq gars que rien n'éclairait encore. Cinq habitués, valets de limier, au rendez-vous chaque mercredi et chaque samedi, tôt, pour sillonner la forêt, les yeux rivés au sol. Leurs vêtements kaki sur le dos, ils échangeaient quelques mots distraitement. Rien de bien important. Daguet les avait tous appelés la veille au soir. Il comptait sur eux. Eux aussi, ils pouvaient compter sur lui. Ils feraient de leur mieux. Il était honoré, il les remerciait, il leur disait à demain au rendez-vous.

Daguet n'était pas sûr d'avoir dormi. Il s'était assoupi, sans doute. Mais son corps ne savait plus rien. Paupières lourdes, comme endolories, frissons dans les épaules, jambes cotonneuses, son corps n'avait plus de repères. Il se tenait droit, juste.

Le jeune piqueux avait allumé les lumières dans le chenil à 5 h 30 mais s'était levé bien avant. Il avait préparé les bottes pour les limiers – un collier et une bande de cuir qui passait entre les omoplates du chien, puis un anneau et une longe enroulée sur elle-même. Pour les valets de limier, le rendez-vous était fixé à 7 h 30.

Le temps était humide mais sans pluie. Il ne savait même pas s'il allait pouvoir avaler un café. Il se vida une nouvelle fois aux toilettes ; trois fois déjà cette nuit. Son corps ne voulait rien garder, il n'entendait plus rien. Laisse-moi faire à ma façon, il disait. Et il nouait son estomac. C'était ainsi, tous les matins de chasse depuis qu'il faisait ce métier. Mais ce matin-là était particulier. Exceptionnel d'une façon inexplicable. C'était une première fois ; les premières fois sont indicibles. Elles ne se fondent sur rien, se dérobent sous les pas à mesure que l'on avance.

Il avait peur, de toute évidence. Comment pouvait-on avoir peur de ce pour quoi on s'était préparé consciencieusement, de ce à quoi on avait décidé de vouer sa vie ? Combien de fois en avait-t-il rêvé, de ce matin-ci ? Ses mains tremblèrent en nouant sa cravate. Il enfila son pantalon en velours, ses chaussettes, son gilet, sa veste, ses bottes. Vérifia quinze fois qu'il avait bien sa toque, son fouet, sa dague. Dans la poche, la liste des chiens. Il aurait aimé ne pas partir le ventre vide mais rien ne passait, alors tant pis. Il aurait aussi aimé savoir quoi dire tout à l'heure, au rendez-vous, mais il s'en doutait, jamais il ne serait capable de parler. Sa timidité et l'enjeu, l'angoisse du premier jour.

Pendant que Daguet achevait de compter ses chiens, JP et ses compères, au carrefour des Sept Routes, attendaient les dernières instructions. JP était valet de limier depuis plus de vingt ans. Il n'était pas fatigué, ni ce matin au lever à 6 heures, ni jamais, de quêter deux fois par semaine, de dresser des chiens, de rapporter au petit matin ce qu'il pensait avoir vu, ce qu'il imaginait qu'il s'était passé. Il se tenait prêt, fraîchement rasé, radieux, même si pour cette ouverture de la saison, on ne lui avait pas confié son chien habituel, celui qu'il avait pris le temps et le soin de former, de sortir en forêt patiemment – combien de matins cet été ?

Comme on le lui avait enseigné, il l'avait emmené sur la voie des sangliers pour lui apprendre que ce n'était pas ce qu'il aurait à chercher. Pareil avec les chevreuils. Jusqu'à le porter là où sont les cerfs, lui faire repérer leur sentiment, cette odeur qu'ils laissent derrière eux, et ainsi le créancer pour toujours. Là alors, le féliciter, le complimenter, congratuler, flatter, encourager ce nez qui apprend à distinguer, à relever sans en faire trop, qui délivre sa sentence sans s'appesantir, ce nez de chien qui dit à l'humain ce que ce dernier ne sait pas percevoir, ne saura jamais.

Non, ce matin-là, JP avait hérité d'un jeune chien, le plus chasseur de tous les chasseurs, fou de ça. Adagio était limier depuis deux saisons déjà mais il restait intenable. Lorsqu'il sentait dans une allée ou dans l'herbe et les fougères le sentiment d'un cerf passé avant lui, il s'affolait, il tournait, revenait, tirait sur le trait. Si JP le laissait faire, il sautait le fossé, s'enfonçait dans la forêt, courait comme un fou, à la poursuite du cerf qu'il avait senti. Mais il n'était pas là pour ça.

JP le connaissait, Adagio. Il savait qu'avec lui, il lui faudrait être encore plus précautionneux, plus vigilant. Il devrait s'assurer de ce que son chien lui donnait, vérifier, regarder au sol si les traces racontaient la même histoire. Il aurait préféré continuer avec Valence, passer ces heures matinales en compagnie de ce chien taiseux et discret qui, lorsqu'il flairait quelque chose, tournait la tête mais pas davantage. Ne s'affolait pas, ne tirait pas, ne tournait pas en rond, rien de tout cela. Valence était un limier de valeur, pareil à un sage qui ne parle pas pour ne rien dire. Spécialiste des voies hautes, il pouvait rapprocher un cerf passé dans la nuit qui n'avait laissé qu'une odeur subtile, dissipée dans l'air au fil des heures. Avec Valence, c'était au valet de limier d'être au service du chien, de guetter ses réactions pour ne rien manquer. JP en avait passé des heures avec lui, abasourdi toujours par son talent, fou de le voir faire, sans emballement, même lorsque l'odeur lui titillait le nez, mettre à rude épreuve son instinct de chasseur.

À l'arrière de la camionnette, cinq chiens attendaient en se piétinant mutuellement. JP fit grimper Adagio dans le coffre de son utilitaire. On lui avait confié de faire le pied aux enceintes carrées ; il avait l'habitude. Chacun partit de son côté, les portières pourtant retenues résonnant dans le silence.

Tous, ils savaient comment guider le chien qui leur était confié, enquêter sur les empreintes, tenter de deviner ce que la nuit avait porté d'allées et venues, de rassemblements et de dispersions, essayer de démêler le vrai du faux, le chevreuil de la biche, la biche du cerf.

En arrivant au lieu de sa quête, deux minutes plus tard à peine, JP se gara sur le bas-côté. Il enfila sa gapette ; septembre était encore doux. À l'arrière, Adagio avait envoyé valdinguer toutes ses affaires mais JP en rigola comme lorsqu'on est attendri par les gaucheries et les maladresses de quelqu'un que l'on aime sincèrement.

– Ben alors mon voyou, t'as encore foutu un sacré bordel !

Adagio était un pur poitevin, athlétique, alignant puissance et élégance. Son manteau noir était marqué de larges plages orange, feu et blanches. Sa tête était longue, mais pas excessivement, plutôt étroite, avec une petite bosse à l'arrière du crâne. Sa truffe était large et proéminente, le chanfrein un peu busqué et allongé, la lèvre supérieure couvrait celle du dessous et le museau était légèrement effilé. Ses oreilles, d'attache assez basse, étaient moyennement larges, moyennement longues. Ses yeux étaient grands, bruns cerclés de noir, très expressifs. Sa queue formait une courbe élégante qui parachevait une silhouette à la fois fine et robuste.

Adagio ressemblait à ceux de sa meute, il en avait tous les traits tout en étant unique. Dévoué, complet, brillant, il partageait avec ses semblables une endurance digne des plus grands athlètes – héritage d'une époque où leurs ancêtres chassaient les loups.

JP lui caressa la tête, l'embrassa sur les joues à la façon d'un grand-père.

– Qu'est-ce qu'on va faire, mon grand ? On va chercher des cerfs ?

JP murmurait, disait sans dire, son nez collé dans les poils du chien. Adagio répondit en le poussant de la tête pour enfin s'en aller quêter, son fouet battant contre la portière de la voiture.

Le jour était bien levé désormais et JP n'avait plus que deux heures avant d'aller faire son rapport au maître d'équipage et au piqueux. La terre était grasse, c'était un avantage. Ce matin, la forêt serait un livre ouvert. Pourtant, JP ne disait jamais qu'il savait. Il avait l'expérience, celle qui intime de rester humble.

Lui et son chien n'étaient pas des caméras infrarouges, ils étaient des enquêteurs. Ils relevaient des indices, tentaient de déduire, mais n'affirmaient jamais. Ce que JP savait, il savait d'où il le savait, et on pouvait souvent, dans l'intimité de sa voiture, l'entendre râler après ceux qui faisaient le pied ou chassaient avec leur téléphone. Ceux qui n'ont pas le temps n'ont pas à être là.

JP avançait d'un bon pas, Adagio devant lui. Soudain, le chien tourna en rond. Le nez collé au sol, il marqua un passage. JP le laissa faire et chercha des yeux, dans la terre et dans les herbes, les traces dudit passage. Il vit des empreintes, distingua par leur forme au sol, qu'il s'agissait d'un cerf qui portait dix ou douze. Leur emplacement lui permit de préciser le gabarit de l'animal, son allure, son sens. Du bout du doigt, il traça un trait dans la terre, juste à côté de l'une des empreintes. En les comparant, il sut dire à peu près quand l'animal était passé. Cette nuit ou ce matin. Pas plus de vingt-quatre heures avant en tout cas. JP était précautionneux mais il était formel.

Dans le vent, pour Adagio et pour lui, il lança un vague : « C'est un papa ça, c'est sûr. » Il pensait que c'était un gros cerf. Et pour cela, il choisit trois branches de trois essences différentes, qu'il disposa au sol, la pointe dirigée dans le sens de la fuite de l'animal. Sa brisée serait claire ainsi, pour les veneurs à venir, si ses indications étaient retenues au moment du rapport, lorsqu'il s'agirait de définir une direction vers laquelle tenter d'attaquer. Pour l'heure, la paire fit le tour de la parcelle afin d'être sûre que le cerf n'était pas ressorti et que JP puisse donner au rapport le renseignement d'un cerf rembuché.

Au carrefour, dans la lumière matinale, ils se serraient la main. Partageaient quelques nouvelles en préparant les chevaux. L'été avait-il été bon ? Les chiens étaient-ils en forme ? Et ce nouveau piqueux, que devait-on en penser ? Oh, vous savez, il vient au chenil depuis qu'il est tout petit, c'est un enfant d'ici. Et il a un gros défi à relever, la meute n'est pas extraordinaire. Oui mais quand même, il est là pour faire son travail, on attend beaucoup de lui, ne lui trouvons pas déjà des excuses. Oui, c'est sûr. Attendons, attendons et observons. Vous avez raison. Un autre café ?

Leurs tenues étaient parfaites et les distinguaient les uns des autres. Membres de l'équipage et suiveurs. Ceux à cheval, ceux à vélo, ceux en voiture. L'effervescence de ce premier jour de chasse était contenue.

Daguet manœuvra pour garer le camion au rendez-vous. Il entendait dans son dos, assourdis, les sons des chiens qui piaffaient d'impatience et les sabots des chevaux contre les parois et sur le sol de l'immense véhicule vert. En descendant, il posa le pied gauche dans la boue et attendit quelques secondes ainsi, sa botte s'enfonçant doucement dans la terre meuble. Sa main sur la poignée de la portière, les yeux rivés en lui, tentant de figer une image, une seule. Une seule lui suffirait pour se lancer. Y aller, enfin. Les doutes, les peurs, les questions, il n'y avait plus d'espace. Rien d'autre ne trouva de place en lui, que la forêt et ses chiens. Et ce cerf à déloger.

Face à eux tous, qui attendaient de lui le meilleur, Daguet ne pouvait pas trembler. Il devait devenir, être pleinement, cet homme solide et sûr de lui, quel que soit ce qui grondait dans sa poitrine. Il n'avait d'autre envie que d'y aller. Il ne voulait pas reculer, il voulait monter sur son cheval et filer en emmenant ses chiens. Il voulait les suivre, les écouter. Plus que tout, il sentait en lui ce qu'il n'expliquerait jamais, ce feu qui le lançait en avant, le menait au-devant du cerf. Il voulait leurs yeux qui se croisent, leurs odeurs mêlées, leurs instincts face à face. Le reste, avant, autour, ces gens à saluer, toque baissée, ces courbettes, ces politesses, ces minauderies consensuelles, il les passait en force, en serrant les dents. Il ne savait pas faire, il ne voulait pas. Laissez-le, lâchez-le, il n'en peut plus et ses chiens non plus. Laissez-les, lâchez-les dans la forêt.

Malgré son expérience, JP était toujours un peu intimidé. En première ligne des veneurs réunis en arc de cercle face au maître d'équipage et au piqueux, il avança de quelques pas, les mains croisées dans le dos, osant à peine lever un œil vers Daguet qu'il savait dans l'angle à sa droite. Il aurait aimé pousser davantage sa voix mais elle sortit en un filet léger qui imposa le silence.

– Monsieur le duc de Bellecroix, aujourd'hui avec mon chien, nous avons quêté aux enceintes carrées. Si mon chien ne me ment pas, si mes yeux ne me trompent pas, je pense avoir rembuché un cerf…

Sa voix se perdit tant la forêt et le ciel étaient grands. Les quatre autres valets de limier donnèrent à sa suite leurs renseignements. JP écouta, la tête baissée, tranquille et satisfait. Discrètement enfin, il leva son regard vers Daguet, tenta de lui envoyer la force de ceux qui n'ont plus rien à prouver.

Pour cette première chasse de la saison, le rapport s'éternisa. Pierre-Étienne de Bellecroix fit le point sur l'équipage, présenta Daguet, le nouveau piqueux sur lequel ils comptaient tous. Il détailla l'intégralité des consignes de sécurité. Rouler doucement dans les allées, ne pas doubler les chevaux, fournir uniquement des renseignements vérifiés, ne pas utiliser son téléphone, ne pas passer la journée le nez dans son panier à pique-nique, respecter les chiens, les protéger si la chasse s'approchait de la nationale. Il invitait au calme en toutes circonstances, au sang-froid, redit ce qui les unissait tous ici, la passion de la vénerie.

Daguet gardait les yeux rivés au sol, sa toque sous le bras, le fouet à la main. Il écouta les informations des valets de limier, laissa la voix du maître d'équipage partir en un fond sonore léger. La voix familière de son oncle le replaça dans son monde. Grâce à lui, il retrouva un peu de chaleur. Pendant quelques secondes, il n'était plus ce jeune piqueux que chacun observait, prêt à fondre sur lui à la moindre erreur. Il était cet enfant joyeux, l'instinct bouillonnant. La voix lui murmura à l'oreille ce qu'il avait perdu de vue cette nuit quand l'obscurité plissait ses draps et ses pensées, s'amusait à le faire douter. Elle lui dit comme il était parfaitement à sa place.

– Bonne journée à tous et essayons de faire de la belle vénerie, conclut le maître d'équipage.

Les suiveurs à vélo enfilèrent leurs guêtres et vérifièrent que dans la sacoche avant, ils avaient bien une barre de céréales, quelque chose à grignoter dans la matinée. Ils avaient les jambes cotonneuses et fébriles à la fois. Eux aussi se posaient des questions. Combien de kilomètres aujourd'hui, combien de temps à pédaler dans les allées de forêt, auraient-ils la joie de voir le cerf ?

De leur côté, les membres de l'équipage s'affairaient à finaliser leurs montures. On sellait, on réglait ses étrivières, on enfilait ses gants blancs, on se découvrait pour se saluer. Ils étaient des voisins, des lointains, dentistes, agents immobiliers, concessionnaires automobiles, brocanteurs, notaires, retraités. Les femmes étaient moins nombreuses mais plus élégantes. Au moment de partir, on tenait leur cheval que l'on rapprochait d'un banc pour qu'elles se hissent dessus sans trop d'effort. Quelques mouvements du bassin, les pieds dans les étriers, elles se calaient dans leur selle, prêtes.

– Bonjour !

Diane feignit une révérence exagérée qui fit à peine sourire Daguet. Il était tendu. Il n'avait pas besoin d'être distrait, il n'avait pas besoin de la beauté de Diane, de sa douceur, de son humour, rien.

– Tu as bien dormi ?

Il sembla à Daguet que tous les yeux étaient rivés sur eux.

– Je repars demain tu sais ?

Il peina à trouver le bon ton, la juste distance.

– Déjà ?

– La reprise déjà, oui. Mais tu sais que je reviens toujours. Tu seras là ?

Où serait-t-il ? Serait-il là pour elle ? Daguet se sentit rougir.

– Je serai au chenil bien sûr, finit-il par lâcher, glissant un pied dans un étrier. J'y vais Diane. Bonne chasse à toi.

Piquée, la jeune femme lui lança :

– N'oublie pas : écoute et tais-toi !

« Écoute et tais-toi », la devise de l'équipage. C'était exactement ce qu'il comptait faire.

10 h 30. Il repositionna la trompe autour de son buste, le

fouet dans sa main, et appela ses chiens. La rumeur se calma alors et chacun suivit ce piqueux qui savait tout juste où il allait.

– Hubert, je compte sur toi ! Pas de chien perdu ce soir !
– T'inquiète pas, j'y veille !

– JP, ça a été avec Adagio ce matin ? Une canaille celui-là.
– Ça a été mon grand, ça a été. À toi de jouer !

– Daguet, je vous souhaite une bonne chasse. À tout à l'heure pour faire le point.
– Monsieur le duc, merci pour votre confiance.

Rapidement, à la Petite Route du Chaillot, Daguet mit ses chiens à la voie sur plusieurs cerfs. Ils rapprochèrent calmement et ne prêtèrent pas attention à un faon qui se levait devant eux. Daguet passa la route du Marchais de la Vallée, une vingtaine de chiens derrière son cheval. Quelques-uns semblaient chasser en remontant vers le rendez-vous. À la route de la Belette, plus aucun bruit. Le piqueux décida de reculer vers l'enceinte d'attaque. Il apprit alors que cinq ou six chiens avaient attaqué un cerf. Le temps de rallier la meute et de la mettre à la voie, il était 11 h 10. La chasse fit le tour du rendez-vous, sauta la route de Vitry à Vieilles-Maisons et longea la RN 60 en direction de l'étang du Giblas. C'était un beau cerf dix cors, assez fort de corsage, et qui ne semblait pas très à l'aise.

La meute s'était étirée et seulement dix chiens arrivèrent à l'étang où ils tombèrent en défaut. En faisant les avants, la voie fut ramassée et l'animal fut sonné au carrefour. Les chiens passèrent ameutés et rentrèrent dans les gaulis de la pépinière où ils se trouvèrent en difficulté. Le cerf n'avançait pas mais les chiens non plus. Daguet pesta ; que cela soit inchassable à ce point le désolait. Il faisait chaud et sec. Avec vingt-cinq chiens derrière son cheval qui ne rechasseraient plus, il insista néanmoins en appuyant les autres. Ils parvinrent par raccroc à l'étang du Giblas. Le point final d'une mauvaise journée.

À 13 h 30, le maître d'équipage décida de rentrer au chenil. Daguet, dégoulinant de sueur sous sa veste en velours, retint sa rage. Ils auraient pu continuer un peu, se laisser une chance. À défaut de prendre un cerf, profiter de cette première journée pour habituer les chiens, les travailler en situation.

Au rendez-vous, il assura le minimum syndical. Quelques mains serrées, quelques sourires, il essaya de faire bonne figure face aux remarques. « Ça sera pour la prochaine fois ! » Il voulait tout remballer au plus vite, ne plus voir personne. Qu'on le laisse avec ses chiens.

Lorsque Flo entendit les sabots des chevaux, elle jeta un coup d'œil aux chatons, puis rejoignit la cour du chenil. Daguet commençait à laver les chevaux. Ils ne s'étaient pas revus depuis la veille au soir. L'air était chargé de silence et des gestes brusques du piqueux. Elle ne savait pas ce qu'elle pouvait faire, si elle devait proposer son aide. Elle vit que certains box étaient fraîchement paillés. Elle décida de préparer les autres aux côtés de Damien. Le jeune garçon restait au chenil les jours de chasse pour surveiller et maîtriser les chiens au cas où une bagarre éclaterait. Il ne chassait pas mais il aimait les chiens.

Daguet avait les mâchoires serrées et ses mains tremblaient. Flo avait peur de mal faire. Elle réalisa qu'elle était incapable de borner leur relation. Qui étaient-ils l'un pour l'autre ? Sans évidence à ce sujet, elle ignorait comment elle devait réagir face à la situation. Devait-elle le questionner ? Lui demander comment s'était passée cette première chasse ? Devait-elle au contraire ne rien dire ? Elle ne savait pas qui il était, comment il fonctionnait, s'il avait besoin de temps, s'il avait besoin de parler.

Le travail achevé, Daguet s'adossa au mur des box, s'alluma une cigarette. Il portait encore son pantalon de chasse en velours et ses grandes bottes noires. Sa chemise blanche permit à Flo de mieux voir la forme de son corps qu'avec la cotte qu'il portait habituellement. Elle n'avait jamais remarqué comme il était sec.

En soufflant la fumée de sa cigarette, Daguet finit par lâcher :

– Pas grand-chose à dire. Les chiens ne pouvaient pas chasser aujourd'hui. Vanneau a été très bon lui, mais il a aussi mis bas rapidement.

Il tira longtemps sur sa clope. Flo écoutait en silence, les mains dans les poches. Elle ne maîtrisait pas le vocabulaire qu'il utilisait mais elle sentait la lourdeur des mots qu'ils prononçaient.

– Je suis déçu. Ça fait six mois que j'attendais ça.

Il y avait de la tristesse dans sa voix, mais à la façon qu'il eut d'écraser rageusement sa cigarette, Flo se dit que c'était aussi, très simplement, une mauvaise humeur, qui lui fit un peu moins peur.

Elle le regarda s'en aller avec un pincement au cœur. Elle n'avait rien dit, rien fait, ils n'avaient pas échangé un regard et elle avait eu la sensation de lui être déloyale. Ils n'avaient pas l'habitude de beaucoup se parler, mais il l'avait accueillie chez elle au moment où elle en avait besoin, comme s'il avait lu en elle, au-delà d'elle. Il avait fait pour elle exactement ce qu'il fallait. Et elle aujourd'hui, stoïque et muette, n'avait rien su faire d'autre que l'écouter sans bouger, sans dire un mot. Elle était là et elle ne lui apportait rien, ne comblait aucun besoin. Elle se sentit idiote et inutile. Elle fila dans le mobil-home, son désir de ne plus être transparente plus ardent que jamais.

Daguet, lui, poussa la porte du petit chenil de Crevette et s'assit à côté d'elle.

De temps à autre, des mouches venaient buter contre le corps de Flo et bourdonner à ses oreilles. Elle avait confectionné une sorte de radeau de bois, tout en luttant contre la voix intérieure qui la fustigeait à chacun de ses gestes. « C'est ridicule, c'est ridicule, c'est ridicule ce que tu fais. Ma pauvre fille. Voilà où tu en es. Tout ça pour ça. Tout quitter pour te retrouver là, dans la nuit, à fabriquer une embarcation avec des bouts de bois. Pourquoi ? » Flo ne parvint pas à articuler avec fermeté : « Pour laisser partir les petits corps morts. » Elle n'avait aucune force pour faire taire la voix. Alors, le plus vite possible, elle noua les branches avec de la ficelle bleue récupérée dans les box des chevaux. Cela n'avait aucun sens, et encore moins ici, entre ces murs entiers recouverts de trophées de cerfs, de pattes séchées et tressées. Mais voilà, elle avait besoin de faire ça.

Sur les cinq chatons sauvés, elle en avait perdu trois. Elle les avait enveloppés dans un linge, sous le lit, et ce soir, elle voulait les poser là, sur le petit radeau, puis les pousser sur l'eau, inventer une quelconque prière. Quelque chose pour les confier à l'Univers.

Elle s'était attachée à ces chatons d'une façon déraisonnable. Après la première chasse, Daguet et elle avaient pris l'habitude de se retrouver, les jeudis et dimanches soir, au bord de l'étang. Daguet lui racontait la chasse de la veille et elle écoutait, sans parfaitement comprendre, mais saoule de ses mots et de sa présence qui la réconfortaient. Ces soirs-là, lorsqu'elle le quittait pour rentrer au mobil-home, la présence des chatons enlevait un peu à sa peine. Ils étaient devenus tout son monde et elle était elle-même surprise du temps qu'elle consacrait à les regarder vivre.

Sous la lune ce soir, plus forte encore que la voix dans sa tête, il y avait sans conteste sa tristesse, qui lui faisait mordre l'intérieur de ses joues alors qu'elle tendait l'oreille pour s'assurer que personne ne venait. Et personne ne vint. Elle était seule au monde. Deux chatons endormis dans son lit et les trois autres déposés dans leur linceul sur le radeau. Elle aurait pu se glisser dans l'eau avec eux, les accompagner dans l'étang sans courant, pousser devant elle sa fabrication de fortune. Elle aurait pu pleurer dans l'eau, le sable, les cailloux et la vase sous ses pieds. Se tourner vers le ciel noir, ses larmes tombant comme de la pluie. Mais Flo ne venait pas de ces terres-là. Elle ne célébrait pas ainsi. Elle ne se lavait de rien, elle était une fille qui avance dans la poussière, force pour passer, lutte contre le vent. Elle n'épousait pas les éléments, ne communiait pas, jamais.

Les pieds nus, suant, dans ses chaussures délacées, depuis la petite plage où Daguet baignait les chiens les jours de grosse chaleur, elle poussa le radeau sur l'eau. Avec un bâton, elle l'éloigna encore, jusqu'à ce qu'il échoue dans les roseaux à quelques mètres. Elle ne resta pas plus longtemps. Elle avait perdu trois chatons, elle était seule, alors elle n'avait que ça à faire à présent : rejoindre les deux autres dans le mobil-home et croire, du plus fort qu'elle le pouvait, qu'elle les sauverait, eux. Qu'ils survivraient malgré la vie. C'est avec ces pensées qu'elle se coucha dans le lit contre leurs petits corps chauds, un peu louve.

Le lendemain matin, de retour de sa balade à vélo, en franchissant le portail du chenil, Flo vit que l'on s'activait autour du mobil-home. Elle sentit son cœur se serrer et tout s'accéléra en elle. Elle s'embrasa en quelques secondes. Les chatons. Elle ne laisserait personne les prendre. Ils étaient à elle ! Elle n'en avait rien à foutre de son mobil-home, de sa gentillesse, de son amitié. Elle était partie toute seule, elle avait marché, elle avait avancé, sans l'aide de quiconque. Elle pouvait tout faire, partir, rester, elle était libre, c'était clair ça ? Elle n'avait besoin de personne mais ses chatons, là, dans la petite chambre du mobil-home, ils avaient besoin d'elle.

Elle se dit qu'elle aurait dû être plus vigilante, réserver sa confiance, demeurer sur ses gardes. Maintenant, ils devaient avoir la tête écrasée contre un mur, ou les poumons pleins d'eau. Ils allaient brûler dans le four, disparaître à tout jamais, par sa faute à elle. Parce qu'elle les avait laissés seuls. Elle lâcha le vélo en plein milieu de la cour et courut jusqu'au mobil-home, sa rage et sa peur réchauffant le moindre centimètre carré de son corps. S'il n'était pas trop tard, elle allait rassembler ses affaires et reprendre la route avec eux. Elle était leur maîtresse, et maîtresse de sa vie. Elle allait les glisser dans son pull et partir, ce n'était plus la peine d'imaginer quoi que ce soit d'autre.

Daguet la surprit :

– Le Savant raccorde l'électricité dans le mobil-home. Il met une bouteille de gaz aussi.

Il hésita et ajouta :

– Je suis désolé de ne pas l'avoir fait plus tôt. Tu auras de l'eau chaude désormais, et ça sera mieux que les bougies.

Flo ne sut pas quoi dire. Le projet de partir était encore en elle. Des braises prêtes à s'enflammer. Daguet chercha comment rompre le silence entre eux. Pour la première fois, elle le sentit mal à l'aise.

– On n'est pas rentré chez toi. On t'attendait. On peut ?

Flo leur ouvrit la porte en essayant de calmer ses membres qui tremblaient. Dans la kitchenette, le Savant s'affaira tandis que Daguet et elle ressortaient discuter dehors.

– Comment va Astrakan ?

– Plaie intercostale de huit centimètres, la saison est finie pour lui.

Flo tenta un léger sourire.

– D'accord.

À tout moment, elle s'attendait à voir le Savant sortir avec les chatons dans les mains. Daguet ne semblait pas du tout concerné par les travaux. Il avait les yeux rivés sur ses chaussures et fumait d'un air furieux.

– Merde, Flo, ça ne veut pas, ça ne veut pas. Hier, le petit daguet a été plus malin que nous. La prise était largement à notre portée, les chiens ont fait un très beau travail mais ils ont quand même manqué leur cerf. En fait, on chasse bien si on ne croise pas d'animaux. Autrement, c'est le bazar. On manque de métier.

– Diane était là ?

Flo avait lâché ça comme si ses mots avaient glissé de son cerveau jusqu'à sa bouche.

– Pourquoi tu demandes ça ?

Elle regretta immédiatement sa question. Il allait vouloir lui répondre. Pire, la rassurer. Il allait lui balancer des phrases toutes faites, comme des gifles, sur ce qu'elle était et ce qu'elle n'était pas, sur ce que Diane était et n'était pas. Et elle allait le détester.

En plus, elle s'en foutait tellement de ce qu'il pensait d'elle. Elle s'en contrefoutait de la beauté de Diane, de ses cheveux blonds, de son port altier qui lui donnait des allures de danseuse même sur son putain de cheval. Elle aurait été élégante sur n'importe quel canasson, la Diane. Elle aurait été reine sur un mulet. La jeune femme qui savait plaisanter d'un ton badin. Qui venait voir Daguet au chenil, qui l'entraînait derrière elle, qui menait sa vie comme elle marchait. En cadence, le corps droit et tendu vers le ciel. Mais surtout, comme s'il n'y avait qu'une façon de marcher : un pied après l'autre. Le corps entier reposant sur le pied gauche, puis le corps entier reposant sur le pied droit. Et sur son cheval, les cuisses ouvertes, ses jambes éloignées l'une de l'autre par la bête entre elles, serrant le cuir raide de la selle sur le corps chaud de l'animal, Diane était sublime. Après la Saint-Hubert, il lui arriverait de monter en amazone, abandonnant le pantalon et la redingote pour une veste et une jupe longue qui couvriraient ses jambes jusqu'à la pointe des pieds. Sur sa tête, le tricorne bordé d'un galon de vénerie en forme de V et le petit bouton de l'équipage cousu, ses cheveux rassemblés en chignon dans un filet noir. Des gants en tricot blanc, des bottes noires à revers de Chantilly. Diane passerait au pas, Diane trotterait, Diane galoperait. Et Flo, en pensant à elle, Flo qui avait passé des semaines à marcher, se demanda comment elle pouvait mettre un pied devant l'autre.

Soudain, tout ça lui sembla flagrant. D'une logique qui déroulait la suite et annonçait la fin de manière évidente. Elle, sale et perdue, sûre de rien. Diane, magnifique, tout simplement. Elle, comme un accroc dans la toile. Une maille à l'envers. Diane, la vie qui file droit, la certitude, la garantie. L'une dans un mobil-home, l'autre dans un château.

– Non, Diane n'était pas là.

Dans les mots de Daguet, Flo perçut une nouvelle distance qui n'avait rien à voir avec celle qu'ils entretenaient jusqu'à présent. Là, c'était un fossé qu'ils creusaient chacun de leur côté, dos à dos. Lorsqu'elle était arrivée, ils étaient loin l'un de l'autre du fait de ne pas se connaître, de se redouter, mais ils se cherchaient. Chacun de leurs mots, chacune de leurs questions servaient à jauger l'espace qui les séparait, et leurs réponses les rapprochaient toujours. Mais à cet instant, ils étaient chacun en haut de leur mirador, à se guetter. Et il n'y avait rien entre eux, à part une grande plaine en jachère.

– C'est fait, les jeunes !

Le Savant sortit triomphant du mobil-home. Daguet eut à peine le temps de le remercier que Flo avait déjà refermé la porte sur eux. À travers la paroi, elle entendit le bruit des outils qui s'entrechoquaient et les voix des deux hommes qui s'éloignaient. Si cela avait été possible, sans doute aurait-elle entendu celle dans la tête de Daguet qui lui répétait tout ce qu'il avait à perdre à rester ce garçon peu bavard et bourru.

Elle se rua dans sa chambre et trouva les deux chatons. Elle n'avait rien d'autre à leur dire que « Chut, chut, je suis là », en même temps qu'elle tentait de réprimer le rire qu'elle sentait monter en elle. Elle ne savait pas ce qui la remuait ainsi, elle ne discernait rien dans l'imbroglio de ses émotions. Elle était un échiquier qu'on aurait envoyé valser d'un revers de la main, elle était en bordel, instable, empêtrée. Elle n'était plus seulement floue, elle était un gribouillage ardent, fugace, et elle aimait ça. Insaisissable mais présente, attachée mais vivante. Les chatons, Daguet, ces chiens qui la regardaient passer chaque jour, ces gens qui allaient et venaient, qui aidaient. Et Daguet, encore Daguet.

Les chatons étaient là, en sécurité, avec elle. Et elle se tenait fidèle à elle-même, prête à rester et prête à partir selon ses désirs, ses commandes. Elle l'avait vu, elle l'avait senti en elle, elle saurait partir s'il fallait. Si elle était là aujourd'hui encore, c'est qu'elle le voulait. Et lui, il avait mis l'électricité sous son toit.

De son côté, Daguet peinait à lutter contre les pensées qui s'embrouillaient en lui. Rien n'était net dans sa tête. Plus d'un mois et demi de chasse déjà et il n'avait rien pris. La plupart du temps, malgré de beaux efforts, la meute était décevante et lui prouvait qu'il restait du chemin à accomplir. Il ne baissait pas les bras, évidemment, mais aujourd'hui, il lui arrivait de ne plus bien savoir pour qui, pour quoi il devait agir. Diane. Son père. Tout ce monde. Tous ces avis dans son dos, ces remarques, ces chasses faites et refaites par chacun. Il était rare de n'avoir rien pris après plus d'une dizaine de chasses et Daguet savait que les commentaires allaient bon train.

Et puis, il y avait Flo. Il ne pouvait pas expliquer ça, il ne pouvait même pas y penser vraiment. Ça n'avait aucun fondement. Mais c'était là, dans tout son être, comme un instinct, depuis qu'il l'avait vue au bar. La certitude qu'elle serait bien là, près de lui, et lui près d'elle. Alors il lui avait proposé le mobil-home et c'était tout. Il n'avait pas de plan à ce moment-là, il était concentré sur le chenil, les chiens, les chevaux, la chasse et les preuves à faire. Une première saison comme un grand test, et tout le travail à abattre chaque jour.

Flo était encore là et il ne savait pas beaucoup plus de choses sur elle que lorsqu'elle avait débarqué. Elle avait sauvé des chatons, il ne savait pas combien. Ils étaient dans son mobil-home. Il ignorait comment lui dire qu'il savait, qu'elle faisait comme elle voulait bien sûr, qu'elle n'était pas obligée de les cacher comme ça. Il n'avait pas d'ordre à lui donner, ni même de conseils, il ne lui dirait rien donc au sujet des chatons, ceux qu'elle gardait en cachette et ceux qui étaient morts, qu'elle avait déposés sur l'eau, il l'avait vue. Il voulait qu'elle reste, c'était tout. Ça il aurait aimé le lui demander mais c'était pareil, c'était comme les ordres et les conseils, il ne voyait pas au nom de quoi il pourrait le faire.

S'il n'avait pas appris grand-chose sur elle, il en avait appris sur lui. Ses attentes quotidiennes, la chaleur dans son ventre quand il la voyait, et celle face à Diane qui s'était éteinte en lui petit à petit. Avec cette dernière, ce n'était pas qu'il avait fait le mauvais choix. C'était plutôt qu'il n'avait pas réellement choisi. Diane, depuis toujours, était là. Ça se passait entre eux d'une façon simple et convenue. Ça ne lui déplaisait pas, c'était sûr. Ce n'était pas qu'il ne voulait pas, mais ce n'était pas non plus qu'il voulait : voilà ce qu'il aurait aimé dire à Flo, encore tout à l'heure. Mais au lieu de cela, à chaque fois qu'ils se retrouvaient dans le noir au bord de l'étang, les mots ne sortaient pas. S'il tentait de parler et ne parvenait pas à tout dire, à bien dire ? S'il se confiait, était-il possible qu'ensuite, il ne parle plus jamais ?

Flo était un mystère qui l'attirait chaque jour un peu plus. Mais ce qu'il ne savait pas non plus, c'était ce qu'elle pourrait faire s'il s'approchait d'elle. S'il s'approchait, s'il lui parlait de ce qu'il ressentait, elle pourrait faire quoi ? Tout, imaginait-il – partir sans rien dire, le regarder dans les yeux, rester, l'embrocher de sa distance affolante. Il pensa à Tyrannie, sa chienne avec un quart de loup, à sa sauvagerie et son attachement. Flo n'était-elle pas faite de ce bois-là ? Héritière des loups, animale jusqu'au bout des ongles. Daguet nageait dans le doute. Il n'aurait aucun moyen de se protéger si elle se retournait d'un mouvement rapide, si elle le fusillait du regard, le mordait, si elle s'enfuyait en courant. Même si elle le laissait la prendre dans ses bras, pourrait-il être sûr qu'il ne risque rien ?

Daguet contourna le cerf par la gauche, du côté du cœur. Il le longea, s'approcha le plus près possible de son corps. Il fallait éviter les poumons, la souffrance d'une hémorragie. Il tourna pendant près de dix minutes. C'était l'heure du dernier pas. Le cerf regarda l'homme qui le voulait si fort. Il se retourna et sauta brutalement. Ses bois tapèrent le piqueux, l'attrapèrent sous les épaules. Il voltigea et les deux tombèrent ensemble. Daguet se releva vite. Il était seul au monde, avec ses chiens et ce cerf. Il ne ressentit aucune violence, aucune rage. C'était un rapport de force et aujourd'hui, le cerf avait perdu.

Les chiens aboyèrent. Ils firent diversion. Daguet ne devait pas hésiter sur son dernier pas. Y aller d'un coup sec. Dans le défaut de l'épaule, la dague rentra toute seule. La lame transperça la peau et c'en fut fini. Il la retira immédiatement. Cela avait duré un temps si court qu'il ne se nommait pas. La patte avant gauche du cerf se déroba, ses oreilles s'affaissèrent. L'hallali par terre fût sonné à 15 h 15 après quatre heures de chasse.

Daguet regarda ses chiens ; ils avaient mené un très beau travail, faisant preuve d'un mordant qui le réjouissait. La curée fut sonnée au carrefour des Sept Routes. Pour cette première prise de la saison, les honneurs furent rendus à Diane, la fille aînée du maître d'équipage, destinée à prendre sa suite.

Les sonneurs entamèrent *Les Honneurs* à la trompe. Daguet fut troublé en pensant aux paroles de la fanfare : « Les Honneurs / Nous sonnons, bien en chœur / À ce noble veneur / Qui a pris tous les cœurs. » Diane, il en était sûr, savait tout de sa gêne. Il lui tendit la patte tressée du cerf posée sur sa toque. Il sentait les yeux rivés sur eux ; ce n'était pas le moment de laisser paraître quelque chose. S'ils étaient nombreux à avoir compris que ces deux-là se retrouvaient souvent, le duc n'en avait quant à lui aucune idée. Daguet s'en voulait assez que les choses soient ainsi mêlées. Son travail, sa relation avec Diane. Il ne voulait pas de cette évidence. Eux deux ici, leur passion commune, leur relation depuis des années, depuis qu'ils étaient enfants, lui le grand, elle la petite, la fille du duc. Leurs après-midi d'été dans la paille, à s'imaginer mariés. Puis leurs nuits d'adultes, sans parler presque, leurs corps ensemble, se baugeant dans le plaisir de se connaître et se découvrir à la fois.

– Merci, fit-elle, osant un clin d'œil qui acheva d'embarrasser le piqueux.

Ce soir-là près de l'étang, aux côtés de Flo, Daguet fit preuve d'un enthousiasme qu'elle ne lui connaissait pas. Il parlait vite, bégayait. Il raconta tout, avec des détails qu'elle ne comprenait pas. Mais elle l'écouta sans jamais l'interrompre. Ce matin, le maître d'équipage avait décidé de mettre aux branches sur la route du Gué-Girault. Il avait été acté d'attaquer de meute à mort, sans relais. Les chiens, à leur habitude, s'étaient rapidement échappés mais Daguet les avaient récupérés vite. Une fois qu'ils avaient été mis à la voie, l'attaque avait été vive sur un cerf aperçu couché dans un layon. Il avait traversé Centimaisons d'une traite, puis le Petit Jouy et était monté grand train à la Cour-Dieu. Les chiens lui soufflant au poil mais ils avaient quand même été mis en défaut à l'étang de la Cour-Dieu. Le cerf avait alors pris vingt minutes d'avance sur eux. Malgré un poids de chiens diminué par la formation d'une queue d'environ quinze unités, la chasse était repartie de plus belle. Le travail des chiens avait été remarquable. Remarquable, avait insisté Daguet. Vanneau, Vagabond, Valençay, Ulster, Traminot, Turquos, Tufeau… Ça avait été formidable de les voir travailler. Pas une enceinte sans que le cerf ne double ses voies, fasse hourvari ou cherche le change. Finalement, ils avaient réussi à le relancer. L'animal avait tenu les abois le long d'une fosse. Avait même chargé les chiens plusieurs fois avant de tomber devant eux et d'être servi.

D'un coup, Daguet demanda :

– Tu as déjà vu Diane ?

Flo mentit, fit non de la tête, sans savoir si dans le noir, il avait pu distinguer sa réponse. « Mais je l'ai déjà entendue », ne dit-elle pas.

– Elle vient parfois, ajouta Daguet. Tu voudras venir toi aussi un jour ? À une chasse.

– C'est cruel, répondit Flo.

Il haussa les épaules. Il pensait à ses chiens, pas au cerf, pas du tout. Flo, elle, en disant cela, pensait à Diane. Elle pensait que c'était cruel qu'elle existe. Et que sa peau qui vibrait, là, tout de suite, aux côtés de Daguet, c'était d'une cruauté sans nom, ça aussi.

Ils ne se comprenaient pas ce soir et elle lui en voulut un peu de sa gaîté qu'elle ne savait pas à quoi attribuer. Il était heureux pour ses chiens, heureux pour sa carrière, pour les preuves qu'il avait données, il était heureux d'avoir tendu à Diane, sur sa toque, la patte de ce premier cerf et d'avoir lu dans son regard la promesse de leurs corps ensemble bientôt. Il était heureux comme un homme fatigué, mais il se sentait invincible. Et Flo ne l'aimait pas ainsi. Elle le préférait sans un mot de trop, sans tentative de plaire ni de satisfaire. Elle voulait qu'il lui dise comment il s'appelait, quel était son prénom, qu'il se rapproche d'elle enfin. Mais il se leva, s'étira. La regarda un moment. Alors, ils sentirent une latence entre eux que Daguet laissa s'évanouir en s'éloignant, sifflant une fanfare les mains dans les poches, satisfait et joyeux.

C'est en poussant la porte de chez lui que l'absence et la solitude dégringolèrent sur lui et sapèrent son assurance. Il sentit la brûlure dans son cœur. Même quand elle n'était pas là, qu'il ne la voyait pas, il savait qu'elle était quelque part, qu'elle existait. Que lorsqu'il la reverrait, ça serait chaud dans sa gorge, chaud au niveau de son cœur, chaud entre ses cuisses, en haut, là où ça n'attendait que sa main. D'autres avant lui avaient brûlé de ce désir et de cette attente ; c'était l'histoire du monde. En lui-même, il pesta contre le fait que tout ait déjà été dit, parce qu'il aurait voulu être le premier pour que les mots restent forts, pour qu'ils n'aient rien perdu de leur puissance. Qu'ils claquent fort comme son fouet. Il fulmina en silence contre ça. Parce qu'il n'aurait plus rien d'autre à dire que ce « J'ai le cœur qui brûle ». Et ça serait tellement insuffisant.

Alors il était là, il faisait mine de ne pas la chercher. Lorsqu'elle apparaissait, il ne courait pas vers elle. Et quand elle partirait, que ferait-il de ses projets et de ses souvenirs en feu ? Peut-être y avait-il un prix à payer de tuer ainsi de sa main. Peut-être était-ce à lui de crever désormais de la vouloir elle parmi toutes les autres au monde, de ne pas savoir lui avouer, de crever d'envie et de désir, de sa beauté libre et sauvage, capable à tout moment de partir et de ne pas revenir.

Il s'endormit tard, essayant de penser aux chasses à venir, à ce que celle d'aujourd'hui avait inauguré. Il voulait être à la hauteur, plus concentré que jamais, mais elle était dans sa tête, elle, elle, elle, aussi nette que possible.

La pièce sentait les grillades. Un minuscule barbecue sur quatre pieds rouillés était posé juste à l'entrée de la grande salle, là où les suiveurs et les habitués se retrouvaient avant et après les chasses. N'importe quel jour en fait. Ce soir, pour célébrer la chasse d'hier, la première prise de Daguet en tant que piqueux.

Tous avaient l'air de bonne humeur et les verres ne restaient pas longtemps vides. La table en bois prenait quasiment toute la place, il fallait marcher en crabe pour circuler, en butant contre les chaises et les bancs. À l'une des extrémités de la pièce, il y avait une autre table, plus petite, calée contre le mur. Tout le monde l'appelait « le bar ». Dessus étaient posés les verres et les bouteilles, sans logique. Il y avait du Ricard, du whisky, une bouteille verte de Get 27 et différents sirops – menthe, grenadine –, du porto et quelques bouteilles de vin, rouge, blanc, rosé. À gauche du bar, un vieil évier blanc était accroché au mur ; c'était là qu'étaient remplis d'eau les verres de Ricard et que l'on faisait la vaisselle. Sous la table-bar, il y avait des caisses en plastique transparent remplies de paquets de gâteaux apéro. La tradition voulait que chacun y dépose ce qu'il voulait, quand il voulait, pour alimenter la réserve et faire en sorte que perdurent les moments de convivialité. C'était la même règle pour l'alcool, même si Daguet était celui qui en achetait le plus pour être sûr de ne jamais manquer de rien. Chacun avait ses habitudes en matière d'apéritif.

À droite du bar, un petit meuble, un peu plus haut que la table mais très étroit, accueillait une cafetière. Il n'y avait pas spécialement de tasses, ou alors quelques-unes seulement, perdues au milieu des verres dans lesquels on servait aussi les cafés.

Ce soir, il y avait des chips, des saucisses et des brochettes. Le Gros Jeff avait apporté une terrine de pâté, la femme d'Hubert, une tarte aux pommes, et les autres, des chips et du vin. Le Savant, en se servant un verre de Coca, expliqua comment étaient faits les fromages de chèvre qu'il avait rapportés du marché.

Flo avait sursauté lorsque Daguet était venu toquer à la porte du mobil-home. Quand elle avait ouvert, il avait simplement dit : « On fait un barbecue. » Il avait semblé à Flo que c'était une invitation et elle avait répondu « J'arrive », en fermant vite la porte pour qu'il ne voie pas et n'entende pas les chatons.

Elle avait les mains vides quand elle entra dans la grande salle, mais personne n'y prêta attention. Elle s'installa sur un tabouret, devant un petit poêle à gaz qui soufflait un air chaud et odorant. La femme d'Hubert ne lui parla pas, personne ne lui parla vraiment d'ailleurs et elle ne parla à personne non plus. Mais elle se sentait bien. Rien n'était à sa place dans sa vie mais ce soir, elle ne ressentait aucune dispersion pour autant. Pas de bordel, pas de brouillard, pas de tintamarre désordonné dans sa tête. Lorsque le saladier de chips passa devant elle, elle se servit et fit suivre. Rien n'avait jamais été aussi simple dans sa vie.

Au moment de la tarte aux pommes, le Gros Jeff déclara qu'il fallait quelque chose pour faire couler ça. Il sortit une bouteille d'un alcool très fort et cela agit comme un signal pour Tomi. Le jeune homme se leva. Il portait une veste avec « ONF » brodé sur le devant. Tomi était bûcheron, son père était slovène et sa mère, française. Il n'avait jamais mis les pieds en Slovénie mais il y avait une forme de musicalité dans son phrasé, qui venait peut-être de là-bas. C'est son grand-père qui lui avait donné le goût de la chasse à courre. Chaque samedi après le déjeuner et un bout de sieste, il passait le chercher en 4L. Ils arrivaient en forêt vers 13 heures, plus de trois heures après le rendez-vous, mais son grand-père était une vraie canaille et n'hésitait pas à prendre les allées barrées pour retrouver la chasse. Pendant qu'il discutait avec les petits vieux aux carrefours, Tomi se promenait en observant les gens à cheval, à vélo, et les chiens surtout. Au fil des années, il avait découvert qu'il n'avait aucune passion pour la chasse. Le bruit, le mouvement, les sauts et les courses lui donnaient un sentiment d'invasion qui le mettait mal à l'aise. Il préférait le calme de la forêt et la compagnie des chiens. Pourtant, il revenait chaque samedi et ne manquait pas une miette des curées. Il ne l'avait jamais dit à son grand-père, mais il retenait sa respiration quand venait le moment où l'on retirait la nappe du cerf pour révéler le coffre, les bas morceaux et l'appareil digestif cachés dessous. Il détestait l'odeur de viande et de sang, la terre rougie sous les morceaux. Mais il restait, il regardait les chiens déchirer la viande, se la chiper. Et un gars, les mains ensanglantées, ranger dans sa voiture, en tirant sur les bois, la peau du cerf qui pendait au bout de sa tête.

À la maison, son père entonnait souvent des chants slovènes, des polyphonies populaires qui le berçaient. Peut-être était-ce de là que lui venaient sa voix et son goût pour la musique.

Car ce que Tomi aimait plus que tout, c'était la trompe de chasse. Les fanfares qui résonnaient dans la forêt, en particulier l'hiver, à la nuit tombée. Quand on ne voyait guère plus que la fumée qui sortait des bouches et de la peau des animaux encore chauds. Les veneurs s'installaient les uns derrière les autres et sonnaient les fanfares – *La Tête de l'animal*, *L'Hallali*, *La Curée* et celle que Tomi préférait, *Les Honneurs*. Certains encore en tenue, d'autres avec leurs simples habits de chasse, tout le monde était le bienvenu pour former un ensemble harmonieux – musclé, trouvait Tomi. Il aimait les voir emplir leurs poumons d'air, préparer leurs lèvres à l'effort avant de les poser sur l'embouchure. Il les regardait faire tournoyer leur trompe pour que tombent du pavillon leur salive et la condensation créée par le contact du souffle chaud sur le laiton. Et puis, la façon, propre à chacun, de se tenir pendant les fanfares. Certains, droits, d'autres, les joues gonflées et le visage rougi par l'effort, d'autres encore, ceux que Tomi fixait le plus longtemps, pris dans un mouvement léger du haut du corps, qui tanguaient doucement pour accompagner la mélodie.

Alors que la femme d'Hubert servait les parts de tarte aux pommes dans des petites assiettes en carton blanc, Tomi commença à chanter d'une voix claire, et plus personne ne parla dès lors. « Quand je serai à table à boire, à tous mes amis je dirai : chers camarades, venez voir celle que mon cœur a tant aimée. Chers camarades, venez voir celle que mon cœur a tant aimée. Je l'ai aimée, je l'aime encore. Je l'aimerai tant que je vivrai. Je l'aimerai quand je s'rai mort. Si c'est permis aux trépassés, je l'aimerai quand je s'rai mort. Alors j'ai versé tant de larmes que trois moulins en ont tourné. Petits ruisseaux, grandes rivières, pendant trois jours ont débordé. Mon Dieu que j'en suis à mon aise, quand ma mie est auprès de moi. Tout doucement, je la regarde. Et je lui dis embrasse-moi. »

– On n'était pas loin du défaut.

Dehors, le Cheminot parlait entre ses dents, les yeux rivés sur le sol de la cour du chenil. Les versions de la même histoire s'enchaînaient depuis hier, ne présentant que d'infimes variations selon le style et les mots de chacun. Le cerf était plus ou moins gros, il était plutôt passé par là que par là, chacun y allait de sa précision.

Dans les verres, le Ricard était épais et foncé.

– Enfin, la saison n'est pas faite encore, hein. Quasiment deux mois pour prendre un cerf. On n'avait jamais vu ça.

Bonnefont et Claude se forcèrent tous deux à ne rien dire. Lorsqu'il était comme ça, à parler les yeux dans le vide, le Cheminot n'était pas approchable. Sa rage et sa jalousie mêlées faisaient de lui une bête aveugle et injuste.

Le Cheminot aimait les histoires, tout le monde le savait. Il aimait que ça aille mal et la retraite n'avait rien arrangé. Il en voulait à tout le monde et à personne en même temps. C'était un homme fatigué de ses luttes, que la vie avait vidé. Après chaque chasse, il disait, répétait et répétait ce qu'il aurait fallu faire différemment, ce que tous les autres n'avaient pas su faire et ne feraient jamais bien de toute façon. Elle était là sa rengaine, noyée et flottante dans ces verres qu'il remplissait du même alcool toujours. Elle était dans sa certitude que rien n'était jamais suffisant ni jamais entendu. Les grillages des propriétés trop bas et ceux trop hauts, les cerfs pas malins, et ce brame qui attirait toujours plus de monde, des touristes, des curieux qui faisaient du bruit, effrayaient les animaux, désorganisaient, par leur ignorance, l'équilibre d'un système tout entier. Les patrons qui n'écoutaient rien, les membres de l'équipage qui faisaient les danseuses sur leurs chevaux. La plupart de ses cibles avaient des majuscules : le Système, la Politique, l'Écologie, les Femmes, les Parisiens, les Flics, les Arabes.

Bonnefont et Claude se regardèrent rapidement avant de tourner la tête vers la grande salle, leur envie de s'échapper pour rejoindre les autres plus forte que tout, surtout avec la voix de Tomi qui vibrait. En attendant, ils baissèrent les yeux et s'envoyèrent une nouvelle rasade de Ricard. L'alcool réchauffait toujours les mêmes paroles, mais pour la première fois, le Cheminot semblait en vouloir à Daguet, ce nouveau piqueux, ce jeune qui ne ferait certainement rien de la saison, il en mettait sa main à couper, sa bite au feu.

– C'était autre chose du temps de La Verdure.

Entre chacune de ses phrases, le silence de sa gorgée.

– Ça marchait au fouet. Pas au bout de tuyau… Il en a pris des cerfs, la Verdure… Il connaissait tout de la forêt et tout de la chasse… Pas comme ce p'tit con bon à rien… Qu'à faire ses petits dessins sur les chiens.

Sa phrase s'éteignit. Bonnefont tenta : « On verra bien le reste de la saison », et il laissa le Cheminot désespérer du pouvoir qu'il n'avait jamais eu.

Ses enfants étaient vite partis, ils avaient détalé et quand ils revenaient, c'était en apnée, le temps de partager un repas avec leur mère. Ils jetaient des coups d'œil à la pendule. Plus le temps passait, plus leur père aurait picolé, et pire ce serait.

Avec ses anciens collègues, au bar, ils défaisaient le monde, le brûlaient et le noyaient, le foutaient en l'air. Quand il revenait, qu'il se garait en pagaille, sortait de la voiture en laissant la portière ouverte, il ne titubait pas d'un iota. Au contraire, il était plus que jamais droit, d'une rigidité dévastatrice – un tronc d'arbre ou un menhir. Il entrait dans la cuisine et déroulait l'un de ses scénarios avec un systématisme affligeant. L'aspect de ses yeux était un indice probant – pas complètement ouverts, brillants, constellés de vaisseaux rouges. Il était bruyant, surjouait la bonne nouvelle : « Ah ! Des revenants ! On peut pas se passer de sa maman, c'est ça ? » Il inondait la pièce de ses fausses questions : « Les études, le travail, les gonzesses, on nous prend tous pour des cons, non ? » Le risque d'être pris à partie, alors, était inévitable. Se détourner pour ne pas croiser son regard ou bien soutenir son regard : aucune bonne option. « Tu me regardes quand je te parle ? » « Baisse les yeux quand je te parle. »

Autre possibilité, l'alcool l'avait anesthésié et il arrivait, atone. Silence et pas lourds. Il les ignorait quand il se servait un verre de vin, quand il tirait sa chaise, quand il commençait à manger. Il savait comment s'adresser à eux comme s'ils n'étaient pas là. Dans les deux cas, le Cheminot ordonnait son monde, le mettait à sa botte, jouissait de son pouvoir mal fagoté qu'il savait médiocre et irréel, d'un baroque consternant. Il en rajoutait, coupait sa viande comme s'il voulait scier l'assiette, buvait comme s'il voulait noyer son corps de l'intérieur, tirait sa chaise bruyamment en raclant le sol, claquait les portes, montait le son de la télé, faisait tomber les miettes de pain sur le carrelage. Voilà où il le trouvait, son pouvoir, sur les matières. Il exagérait tout ce sur quoi il pouvait produire un effet, ignorant que ce pouvoir en avait bien d'autres que sa rage délayée par le Ricard produisait sans effort : il faisait taire, il faisait fuir, il faisait peur.

Dans la grande salle, Tomi et les autres chantaient fort : « Ami, de la table ronde / Je viens m'adresser à toi / Je n'ai qu'un seul plaisir au monde / C'est celui de trinquer avec toi ! » Flo sortit à ce moment-là de la grande salle.

– Tiens, v'là l'Arpette !

Elle fut tentée de faire demi-tour mais elle pensa qu'elle avait le temps de passer devant lui, que ses phrases allaient mourir comme un feu de paille. Le Cheminot avait dû percevoir l'hésitation de son pas et la surprit en hurlant. Sa colère n'avait soudain plus rien à voir avec ses litanies foireuses et fatigantes. Elle explosa d'un coup, alors qu'il saisissait Flo par le bras.

– Tu sais que je me souviens de toi, l'Arpette ? On fait moins la maligne qu'au bar, hein ?!

Sur le visage de Flo, le Cheminot souffla son haleine et ses postillons anisés.

– T'es qui toi en fait ? Tu sors d'où ? Tu serais pas de ces antichasses là, qui nous cassent les couilles. Qu'est-ce qui nous dit qu'un jour, tu vas pas te cadenasser aux chiens. Ou libérer tous les chevaux. T'arrives de nulle part, tu t'installes, tu repères tout. Et puis tu vas débarquer avec tes p'tits copains. Je sais pas ce qui me retient de pas te jeter aux chiens, tiens. Hop, le casse-croûte.

Il finit dans un rire forcé, en secouant frénétiquement la main qui tenait son verre. Flo sentit du Ricard couler sur son pantalon tandis que le Cheminot la tenait toujours plus fort. Elle se débattit, sans pouvoir dire un mot. Son cerveau était tétanisé, elle avait mal au bras, au ventre. La lassitude l'envahit de nouveau face au pull sale et troué du Cheminot, à son odeur mêlée de sueur, d'eau de toilette et de relents d'alcool.

Ils arrivèrent tous, d'un coup, derrière elle. Le Gros Jeff, le Savant, Didier, Hubert et sa femme, Tomi et Daguet. Le Cheminot lâcha Flo brusquement, sans laisser paraître aucune surprise. Il renifla dans un bruit exagéré, comme s'il allait cracher. Puis s'en alla en laissant son verre tomber par terre.

Chacun rejoignit la grande salle, sans rien dire à Flo qui s'enfuit vers le mobil-home. La femme d'Hubert commença à laver les verres pendant que Daguet empilait et pliait les assiettes en carton. Au bout d'un moment, Flo entendit les voitures partir. Elle se sentait dans un drôle d'état, brumeux et cotonneux. Un coup frappé à la porte la fit sursauter. À travers la paroi, c'était la voix de Daguet :

– On va à l'étang ?

Ils s'installèrent à la lisière de la forêt, sur leur banc. La chaleur de la soirée commençait à quitter le corps de Flo, mais elle n'osait pas se lever pour aller chercher un vêtement plus chaud. Daguet étendit ses grandes jambes devant lui. L'alcool faisait partie de son sang, détrempait son corps juste ce qu'il fallait. La tête renversée en arrière, il sentait l'électricité s'activer dans ses membres, la faute au vin blanc.

Un aboiement résonna soudain, particulièrement grave, comme une toux. La saison du brame était achevée, mais une biche les avait repérés sans doute. Ses grandes oreilles à l'affût, elle aboyait dans la nuit.

– Tu as froid ?

Flo haussa les épaules. Elle percevait encore la colère en elle. Elle en voulait à la terre entière. À Brice, au Cheminot, mais aussi à Daguet qui n'avait pas dit un mot quand l'autre tordu s'en était pris à elle. Elle avait froid oui, mais elle bouillonnait intérieurement.

– J'ai une idée de ce qui pourrait te réchauffer, dit Daguet tout d'un coup. Bouge pas, je reviens.

Il réapparut avec son fouet.

– Tu as déjà fouaillé ?

Il invita Flo à se lever, puis glissa le manche du fouet dans sa main, avant de passer derrière elle pour lui détailler le mouvement.

– Tu fais un arc de cercle, comme ça. Tu lèves le fouet puis tu le rabats derrière toi.

Son corps était collé au sien et leurs gestes au ralenti dans la nuit formaient une chorégraphie étrange. Il détacha son corps du sien.

– Je te montre.

Flo l'observa effectuer les mouvements qu'il venait de lui expliquer. La flotte du fouet tournoyait dans l'air et la mèche sur le sol claquait. Il recommença plusieurs fois.

– À toi !

Flo saisit le fouet et tenta de reproduire le geste de Daguet. La flotte molle s'enroula autour d'elle et la mèche n'émit pas le moindre bruit.

– Essaie encore !

Encouragée par Daguet, Flo essaya encore et encore. Peu à peu, son mouvement devint plus ample, plus vif aussi. À plusieurs reprises, il lui sembla parvenir à fouailler correctement.

Mais elle était loin du compte, malgré la patience de Daguet, qui repassait derrière elle pour détailler de nouveau le geste. Ils savaient, l'un comme l'autre, que la leçon était vaine. Mais ils auraient pu rester ainsi jusqu'au bout de la nuit, à tenter de coordonner leurs membres pour que claque le fouet.

Exténuée, Flo finit par abandonner. En se laissant tomber sur le banc, le feu aux joues, elle remercia Daguet.

– C'était exactement ce qu'il me fallait, merci.

Il sourit en la regardant. Il voulait encore se coller à elle, et se rapprocha.

– Tu fouettes les chiens avec ça ?

– Jamais, non ! Le fouet est un symbole qui suffit à les tenir aux ordres. Et quand je fouaille, c'est au sol. C'est le claquement qui fait de l'effet. Tu pourrais en avoir besoin.

– Pour quoi faire ?

– Pour le Cheminot.

Ils rirent. Sur le chemin qui les ramenait au chenil et au mobil-home, Flo demanda :

– C'est quoi mon nom à moi ?

– C'est-à-dire ?

– Tout à l'heure, le Cheminot m'a appelée l'Arpette. C'est mon nom ça, l'Arpette ?

Il sourit doucement alors qu'elle reprenait :

– Il y a Bardot, le Savant, le Cheminot, le Gros Jeff. Tout le monde a un nom. J'en ai un, moi ?

Il n'osait pas, alors elle insista un peu.

– Au début, tu as été la Brindille.

– La Brindille ? Pourquoi ?

Il eut l'air étonné.

– On ne peut pas dire que tu sois bien épaisse, si ?

Flo fut surprise. Qu'il puisse savoir comment son corps était fait, qu'il sache nommer ses formes, la jauger, elle se sentit chanceler un peu.

– Et après ?

– D'autres t'ont appelée la Fille. Pas très original mais bon.

– D'accord. Et après ?

– Ben, il y a l'Arpette donc. Je crois que c'est ce qui reste. Désolé.

La nouvelle la laissa songeuse quelques secondes. Elle avait été la fille qui fait des heures, Florence, Flo, la Brindille, la Fille, et maintenant elle était l'Arpette. Pourquoi pas. C'était assez juste finalement alors, elle dit :

– Faut pas être désolé. Je suis l'Arpette.

Elle sourit dans le noir. Elle était l'Arpette. Elle avait un nouveau nom.

Sur la feuille où s'alignaient les noms des chiens, Daguet en entoura et stabilota quelques-uns. L'année s'ouvrait et il était temps de penser à la reproduction. En fonction des origines, des qualités et des défauts des chiens, il composa une liste, préparant ainsi les saillies à venir.

Tous les soirs, Flo le retrouvait chez lui. Ils parlaient pendant des heures, face aux flammes de la cheminée. Le piqueux partageait ses doutes, parlait de sa meute et racontait les chasses hebdomadaires dont un seul cerf n'était pas sorti victorieux jusqu'à présent. Flo percevait l'angoisse et la déception dans sa voix mais aussi une sorte de fierté. Daguet admirait l'intelligence des cerfs. Pendant des heures, il pouvait lui décrire en détail leurs ruses. La façon qu'ils avaient de semer les chiens, de doubler leurs voies, faire hourvari, ou encore de retenir leur sentiment lorsqu'ils bloquaient leur odeur pour ne pas être repérés. Daguet obsédé et fasciné était intarissable. Flo écoutait. D'elle, elle ne disait presque rien, occupant l'espace de ses questions. Prenant corps un peu plus chaque jour dans cette nouvelle vie, entre les soupes à préparer, les chenils à nettoyer, les chiots, les chatons, les chiens, les chevaux. Tout un monde à faire tourner.

Un dimanche soir de la fin janvier, Daguet lui fit une proposition.

– Tu connais le belvédère de La Sablonnière ? C'est pas très loin d'ici. J'aimerais bien t'y emmener. On passerait acheter un petit déjeuner à l'épicerie, à l'ouverture, et on irait voir le soleil se lever en haut du belvédère. Qu'est-ce que tu en dis ?

Flo sourit et il lui donna rendez-vous le lendemain, à 7 heures.

Quand ils arrivèrent ensemble à l'épicerie, Didier était souriant comme à son habitude. Pourtant cette nuit, l'armoire réfrigérée était tombée en panne. Il ne savait pas comment faire, mais il n'avait pas envie de demander de l'aide. Ça n'avait rien à voir avec le fait que sa femme Véronique soit partie chez sa sœur dans le Sud, elle aurait été là que ça n'aurait rien changé. Mais demander de l'aide alors qu'elle venait juste de partir, même s'il n'y avait pas de rapport, ça lui aurait donné l'impression qu'il ne savait pas se débrouiller tout seul. Les autres allaient tout confondre et dire que ce pauvre Didier, sans sa bonne femme, il était bon à rien.

– Bonjour Didier ! Comment vas-tu ? Tu aurais des croissants ?

Daguet le savait, Didier et Véronique avaient tout dans leur épicerie. Ils étaient ouverts tôt le matin et tard le soir, même si, à part les jours de chasse, personne ne venait plus vraiment à partir de 18 heures. Ils faisaient dépôt de pain, point-relais, agence postale, et ils offraient des bonbons aux gamins polis. Il y avait un petit coin presse aussi, avec des magazines, des journaux, et un espace réservé au Loto et aux jeux à gratter. Véronique cuisinait des plats à emporter et il y avait aussi tout un tas de pâtisseries turques que faisait la femme d'Aslan. Ça, ça partait comme des petits pains. Ils avaient aussi installé une cafetière. Les matins de chasse, ils servaient des cafés et parfois aussi, quelques verres de blanc. Derrière la caisse, il y avait une photo d'eux deux avec Christophe Dechavanne au milieu. Il y avait aussi une pancarte sur laquelle il était inscrit : « Qui s'occupe des affaires d'autrui s'expose à de graves ennuis », avec un fusil dessiné en dessous. Cela faisait rire tout le monde et n'effrayait personne.

Daguet se gara au pied du belvédère. Cent cinquante marches à monter pour atteindre le sommet de la vigie, à vingt-quatre mètres de haut. Il prit la main de Flo dans la sienne, et ensemble, ils commencèrent à grimper, leurs bouches soufflant de la fumée tiède. C'était ici que Daguet voulait l'embrasser. Devant le soleil qui se levait sur le massif, colorait les châtaigniers, les érables, les chênes sessiles, les frênes et les pins sylvestres.

– Je suis désolé pour les chatons.

Flo sursauta. Elle ne sut pas tout de suite desquels il parlait, des vivants ou des morts qu'elle tentait d'oublier. Elle aurait voulu hausser les épaules mais ne put pas.

– J'aurais dû t'en parler, ou alors ne pas les garder. Je ne sais pas. Faire quelque chose de clair, au lieu de les cacher comme ça, dans le mobil-home.

Soudain, les épaules de Daguet se mirent à trembler et elle l'entendit renifler.

– Je suis désolé. Je ne sais pas trop pourquoi je pleure d'un seul coup. Je ne crois pas que je sois triste. C'est juste que ça fait beaucoup, cette saison. Beaucoup de pression. Et ces chatons, je sais tu sais, je sais qu'ils sont tout pour toi. Je ne veux pas que tu croies que j'ai pitié de toi ou quoi. Tu fais pas du tout pitié. Je te trouve forte. Moi je suis là en haut de mon cheval. J'ai derrière moi une meute de chiens, ma dague à la ceinture, je ne crains rien. Toi, je ne sais pas comment dire, tu es tout le temps droite. Tu ne trembles jamais, on dirait. C'est sans doute ça aussi qui me fait pleurer. Ce que tu as la force de cacher. Ta façon de marcher. Et le fait que tu peux partir à tout moment, comme tu es arrivée, avec ton sac. Ça m'effraie. Qu'un matin je me lève, j'allume les lumières dans le chenil et je voie la porte ouverte du mobil-home. Et tu serais partie.

Lorsqu'elle l'entendit dire tout ça, Flo réalisa à quel point les mots de Daguet étaient justes pour elle. Elle ne savait pas qu'elle avait envie qu'il dise tout ça, mais maintenant qu'il l'avait dit, elle sentait comme ça lui faisait du bien. Elle n'était plus vraiment seule désormais. Tout en haut du belvédère, face et dos aux arbres à la fois, ils s'embrassèrent enfin, leurs ventres plaqués l'un contre l'autre, dans la lumière beurrée et le confort doré de ceux qui ont trouvé leur place.

Une fois le soleil campé, Daguet raccompagna Flo jusqu'au mobil-home. Sans doute était-ce parce qu'il était penché sur elle, l'embrassait dans le cou et respirait son odeur à pleins poumons qu'il n'entendit pas la portière qui claqua au loin. Dans son dos soudainement, une voix l'immobilisa.

– Surprise !

Diane, d'une grandeur souveraine, planta sur eux des yeux de furie. Immédiatement, Flo se précipita à l'intérieur du mobil-home. Dans un réflexe de protection maternelle, elle se saisit de ses chatons, les colla contre elle et resta là, dans la chambre, les voix du dehors lui parvenant parfaitement.

– C'est pour ça que tu ne réponds plus à mes messages ! À cause d'une pauvre fille paumée.

Daguet esquissa un pas vers Diane, mais celle-ci lança ses bras en avant.

– Ne me touche pas !

Il ne sut pas quoi dire.

– Je suis désolé.

Diane hurla :

– Tu es désolé ? Mais tu crois que tu es qui ici ? Tu n'es rien, rien du tout, rien de plus qu'un petit piqueux !

Elle se rapprocha de Daguet :

– Je n'ai qu'un mot à dire et tu dégages. Quand mon père apprendra à quoi tu t'occupes au lieu de bosser, et avec la saison que tu as fait, je n'aurai aucun mal à te faire virer. Tu ne dis rien ?

Flo attendait, elle aussi, les mots de Daguet. Chacune était là, de part et d'autre de lui, patiente, révoltée, prête à défendre son territoire avec ses propres armes. Chacune pouvait partir ou rester.

Les mots de Diane firent sur Daguet l'effet d'une bombe. Et s'il perdait sa place ? Et si s'être choisi, avoir voulu l'amour, l'avoir construit patiemment, au creux de son sacerdoce de piqueux, risquait de lui faire tout perdre ? Dans sa tête, les certitudes se mêlaient aux doutes, formant une boule compacte, finement tissée, où tous les fils qui reliaient les êtres, les temps et les événements s'enchevêtraient, où tous les mots, toutes les questions et toutes les injonctions constituaient un tout paradoxal impossible à démêler.

Diane, prête à partir, se ravisa brusquement. Rien ne devait pouvoir l'ébranler, rien ne devait empêcher sa dignité de briller aussi haut que possible. Elle devait refouler ses larmes, se convaincre en quelques secondes qu'elle n'y croyait pas, elle non plus, à leur histoire. Qu'elle n'accusait pas le coup parce qu'elle allait le porter elle-même. Et dans un geste démesuré, elle gifla Daguet, avant de partir en courant, criant simplement : « Je te déteste ! Je te déteste ! » Diane, grandiose, ignorait alors qu'elle inaugurait par sa rage une lignée de ces drames qui ne pèsent rien mais font tout.

Après le départ de Diane et de Daguet, Flo ne quitta pas sa chambre. Elle passa la journée à câliner ses chatons et, la nuit venue, ne parvint pas à fermer l'œil. Elle aurait voulu avoir oublié déjà l'esclandre de Diane et les conséquences que cela pouvait avoir. Mais depuis le début, ignorer Diane était peine perdue. Face à elle, Flo se sentait prête à remiser toutes ses exigences. S'il fallait abandonner Daguet, saurait-elle le faire aussi sûrement qu'elle l'avait fait pour sa vie à elle ?

Le Cheminot n'était pas saoul lorsqu'il arriva au chenil. Il se gara doucement, sans faire de bruit, savourant le plan qu'il ne pouvait lui-même pas s'avouer. Il aurait bien aimé assumer ce qu'il s'apprêtait à faire mais il préférait le mensonge, croire qu'il était innocent, que c'était une question d'organisation s'il était venu un jour où Daguet chassait. Il avait tout un argumentaire en tête, et il peinait à cacher, même à lui-même, qu'il trouvait ça assez plaisant de répéter dans sa tête les dialogues. Si on lui disait ça, il dirait ça. Si on lui objectait que ceci, il se défendrait comme cela. Il saurait rétorquer, il avait raison.

Ça l'amusait, de flirter avec la ligne jaune, puis de se convaincre, sans gros effort, qu'il était dans son bon droit. Il y avait bien trop de chats ici. Non mais c'est vrai, Bardot les nourrissait aussi, les matous, les minets, cette vermine. Ils pullulaient. Et ce mot l'amusa un peu.

Qu'est-ce que c'était bon, d'avoir un ennemi bien identifié. Un adversaire contre lequel on se sentait le droit de se battre, de se défendre, qu'on pouvait détester de tout son saoul, contre lequel on pouvait échafauder toutes sortes de plans immoraux sans sourciller une seule seconde. Ça le reposait, tiens, de savoir qu'il n'avait pas à retenir sa rage, qu'elle pouvait enfin s'incarner, ne pas moisir dans des discours qu'il était lui-même fatigué de s'entendre rabâcher. Les femmes, les étrangers, les politiciens, tous ceux-là qu'il adorait détester, à part rêver de leur faire la peau, il ne pouvait pas faire grand-chose d'autre à leur encontre. Alors que les chats. Du pain bénit ! Aujourd'hui, c'était ball-trap !

Au rendez-vous, carrefour des Huit Routes, les allées de la forêt étaient gelées. Sur le sol glissant, le froid avait fossilisé les allées et venues. Daguet avait mis une cinquantaine de chiens, dont un relais de six. En ce début d'année, la pression était montée d'un cran encore. Celle de ces cerfs qu'il ne prenait pas et bien sûr, celle du regard de Diane qui ne le lâchait pas. Ce qui s'était passé avec elle la veille n'arrangeait rien. Mais il n'avait pas le choix. Il fallait y aller.

Il monta sur son cheval, et son inquiétude, dès lors, se mua en une sorte d'affolement. Une aigreur presque. Il se sentait prêt à tout, n'avait plus peur de rien. Il voulait trouver ce cerf. Se fondre dans ses réflexions, anticiper ses ruses. Se mesurer à son intelligence. Il était obsédé par ça : devenir lui-même animal. Il ne pensait ni à la violence ni à la mort, ni aux pouvoirs ni aux combats. Il voulait l'instinct et la réflexion, l'expérience et l'intuition. Il voulait qu'au fil des heures, dans le froid glacial, rien d'autre n'occupe son esprit que ce cerf devant lui.

Le rapport avait donné plusieurs renseignements, dont une brisée sur laquelle il avait été décidé de partir. L'attaque fut rapide et franche, dès 10 h 30, sur un cerf dont l'articulation d'un sabot fautait légèrement. Pas une grosse boiterie mais de quoi ralentir un peu sa course. À peine vingt minutes après, l'animal de chasse était déjà dans la queue de l'étang de la Cour-Dieu. Il avait de l'eau jusqu'au cou. Daguet s'engagea à sa suite, mais il n'eut pas le temps d'aller bien loin. Le cerf sortit brusquement, les chiens derrière lui. Il tomba dans le grand fossé qui entourait l'étang ; sa patte abîmée ne lui permit pas d'en sortir. Les chiens le mirent aux abois.

Daguet le rejoignit à cheval. Il avait les pieds engourdis par le froid, mais il était sec. Seule la transpiration sous sa tunique mouillait son corps. Le désir de prendre ce cerf bouillonnait si fort en lui qu'il le réchauffait entièrement. Daguet n'attendit personne, ni maître d'équipage, ni suiveurs, personne. D'un geste vif, presque discret, il servit l'animal dans le creux du fossé. C'en était fini déjà. Daguet cracha. Dans la bouche, il avait le goût désagréable du combat déloyal. Une chasse si rapide, avec un animal boiteux, ce n'était pas une chasse. Autant attendre à un carrefour avec sa carabine et son teckel.

Il jeta un coup d'œil à sa montre. 12 h 30 seulement. Il était encore tôt, il décida qu'il pouvait attaquer un autre cerf. Deux le même jour, c'était exactement ce qu'il lui fallait.

Le Cheminot pensa à l'Arpette. Elle ne lui faisait pas franchement peur. Il aurait bien aimé même qu'elle vienne se frotter à lui. Il y avait eu son petit coup d'éclat au bar. S'il avait voulu, il l'aurait rattrapée en moins de deux. Il l'aurait jetée dans un fossé et se serait amusé un peu avec elle. Il aurait éteint en une seconde le feu dans son regard. Et puis ce soir-là au chenil, quand il l'avait chopée par le bras, ça l'avait excité un peu. Elle avait juste ce qu'il fallait dans les yeux, un air faible et rageur en même temps. Juste ce qui lui donnait envie de la dévisser et de l'épargner, de lui faire mal dans tous les cas. S'il avait forcé un peu, il n'aurait eu aucune difficulté à lui péter son petit bras de gonzesse.

Aujourd'hui, il ne la chercha pas, il n'avait pas besoin. Il savoura le calme tout en tenant un petit décompte intérieur. Au bout de combien de coups de feu elle rappliquerait, l'Arpette indignée ?

Il s'installa assez loin du chenil, près de l'étang, pour ne pas affoler les chiens. Ses yeux piquaient un peu, sans doute à cause des chats. Ça le rendait allergique, peut-être. Il y en avait tellement partout, dans tous les bâtiments du chenil, les greniers. Il allait les faire sortir en moins de deux. La .22 était chargée et il avait des réserves. C'était un sacré bon plan, cette affaire. Le monde était parfait.

Pendant que des gars récupéraient l'animal puis le hissaient dans le camion, Daguet remonta en selle. En tentant de franchir le grand fossé, son cheval trébucha, l'éjecta et prit la fuite, suivi des chiens qui ne cherchèrent pas à comprendre et allèrent bon train.

À pied, le pavillon de sa trompe aplati par la chute, dépourvu de la chaleur de son cheval, Daguet sentit la sueur refroidir son corps. Il devait retrouver un cheval de toute urgence. Il monta dans la première voiture qu'il croisa.

– Au rendez-vous, vite !

Au carrefour des Huit Routes, il se rua sur son cheval de relais. Plusieurs cavaliers étaient déjà en train de desseller.

– Il fait trop froid Daguet, on rentre !

Mais pour le piqueux, plus impérieux que le froid, il y avait le temps qui filait. Il devait faire vite. Débusquer un second cerf, le chasser, le prendre. Il lui fallait ça, une preuve irréfutable de sa compétence. Une manière de leur rabattre le caquet à tous. Il devait avoir la peau d'un autre cerf pour sauver la sienne.

Le Cheminot eut le temps de tuer cinq chats avant que Flo ne déboule. Ce n'était pas peu dire qu'elle avait l'air d'une furie.

– Mais ça va pas ? Mais ça va pas ? cria-t-elle en faisant des moulinets avec les bras, et en passant le décor au laser, de ses yeux qui n'avaient pas la moindre idée d'où venait le danger.

Elle hurla encore :

– Mais ça va pas ?

Elle savait qu'il y avait un humain derrière tout ça, elle avait vu les premiers cadavres de chat au sol, elle savait que c'était le Cheminot. Mais où était-il ? Elle n'avait pas de plan, elle. Elle courait sans savoir où se taper. Elle devait le trouver.

Les éclats de soleil à la surface de l'étang gelé l'éblouirent. Le Cheminot était bien installé, son œil collé à la lunette de sa .22, déjà coutumier de la lumière. Il l'avait en joue, l'Arpette.

En moins de trente minutes, Daguet retrouva sa meute. Dans la foulée, il attaqua une quatrième tête. Il était un peu étourdi sur son cheval, et le froid avait engourdi ses pieds, mais jamais, jamais, il n'écouta les signes.

Après le Grand-Vaux, l'animal de chasse remonta vers les Sept Routes. Finalement, il s'engagea vers l'étang du Petit Vaux. La lumière d'hiver à 15 heures était déjà basse. Le cerf bifurqua, se dirigea vers des propriétés privées. La chasse tomba en défaut.

Lorsque Flo entendit le coup de feu, elle sut qu'il était trop tard. Elle était ce corps qui avait sauté, qui flottait dans l'air. L'esprit qui regrette mais qui vole. Qui traverse le moment en suspens. Plus rien qui retient, rien qui accueille encore. Elle savait que la balle était en chemin, qu'elle ne s'arrêterait qu'en butant contre quelque chose. Cela durerait quelques secondes à peine mais ce n'était pas une formule, ni une vue de l'esprit, cette histoire de temps suspendu, de secondes comme une éternité.

Daguet hurla de plus belle :

– Hou mes beaux ! Là, là, évente, là, là !

À Hubert qui le suivait à vélo, il lança :

– Je suis en défaut mais le cerf est raide. Je peux l'avoir. Avertis les autres !

Il relança le cerf rasé dans un fossé. Ce dernier repartit à la vue des chiens et se fit aboyer. À l'hallali courant, les chiens derrière lui, l'animal courait au milieu d'un pré gorgé de flotte. Daguet était au plein galop dans la boue. Il criait à ses chiens : « Tiens bon ! Tiens bon ! » S'il avait pu, il aurait servi le cerf depuis son cheval. Il voulait y arriver, coûte que coûte.

La vitesse raviva le froid sur lui. Ses nerfs qui prenaient le dessus faisaient semblant de le réchauffer. Il tenta d'orienter le cerf vers un petit bout d'étang sans nom. Contourna une minuscule cabane. L'animal se jeta à l'eau.

Dans la tête de Flo, le cri du chat fut comme un bruit au ralenti. Elle n'entendit pas son corps qui s'effondrait.

Le Cheminot se releva. Le chat roux et blanc, jeune, maigre, gisait dans une mollesse totale, au milieu des épines de pin marron. Flo pensa qu'il avait l'air chaud aussi, et doux, même de loin, même sans le toucher.

Le temps sembla vouloir se rattraper. Accélérer le cours des choses après la pause. Flo le sentit pénétrer en elle, la hâter. Son corps n'en revenait pas d'être vivant alors il voulait vivre, et sans tarder, et sans plus rien tolérer d'intolérable.

Le cerf de chasse atteignit rapidement les branchages au milieu de l'étang. Daguet descendit de son cheval et tendit les rênes à Hubert. Il enleva sa tunique et ses bottes puis, en chemise et gilet de chasse, ses chaussettes de vénerie blanches jusqu'aux genoux, entra dans l'eau.

– Tu y vas ? lui cria Hubert. Tu es sûr ?

Les rênes dans une main, il chercha de l'autre son téléphone, dans la pochette accrochée au guidon de son vélo. Aucun réseau, personne.

Flo se jeta sur le Cheminot qui la poussa, elle perdit l'équilibre.

– Mais ça va pas ? répéta-t-elle de nouveau alors qu'il s'en allait.

Les pas du Cheminot étaient immenses. En quelques foulées à peine, il fut près du chenil. Dans la confusion du moment, Flo crut qu'il se dirigeait vers son mobil-home. Elle se releva à toute vitesse, son instinct creusant le trou de ses regrets à venir, et cria comme une sauvage :

– Pas les miens !

Alors qu'il avançait dans l'étang gelé, Daguet s'enfonça soudainement dans la vase et eut de l'eau jusqu'au cou. Il s'approcha du cerf pour le servir, mais sa dague tapa dans une branche. L'animal prit peur et s'éloigna. Il avait trois à quatre mètres d'avance désormais.

Daguet glissa la dague entre ses dents et commença à nager lui aussi. La fine couche de glace rompait sous ses mouvements. Il claquait des dents, tremblait de partout. Peinait à respirer. Il sentit ses muscles le lâcher, tétanisés par le froid.

Le Cheminot comprit immédiatement. Il déporta ses pas, mû par un devoir qu'il choisit d'honorer pleinement. Il y avait des chats dans le mobil-home de l'Arpette. Il y entra comme un tourbillon, et à Flo qui l'avait rattrapé, fit l'effet d'un géant. Il était un ogre, affamé, bavant et tremblant. Il ouvrit la première porte, celle de la petite chambre. Flo dans son dos n'était qu'un oiseau qui pépie, bat des ailes dans le vent. Ses poings qui cognaient contre le corps du Cheminot ne valaient rien.

Il vit immédiatement les chats qui roupillaient. Il les saisit, les jeta dehors et les abattit avec une rapidité inouïe, qui ne se comparait à rien.

Lorsque Diane atteignit le bord de l'étang, elle aussi tremblait de partout. Les mains en pavillon autour de sa bouche, elle cria :

– Daguet, sors de là ! Sors de là, je t'en supplie !

Le cerf tourna mais Daguet ne parvint pas à le rattraper. Il sentit ses forces filer. Il allait se noyer. Autour de lui, l'eau se figeait, formait un moulage de plus en plus résistant. Il n'arrivait plus à nager. Ses yeux se fermèrent.

Flo tomba à genoux, les joues noyées de larmes. Elle déchira le monde de ses hurlements, alors que le Cheminot s'en allait en sifflotant. Lorsqu'elle releva la tête vers lui, elle crut deviner, à travers sa nuque, un sourire carnassier.

Sous la couverture dorée froissée par ses tremblements, Daguet s'était évanoui. Il entendit la voix de Diane, lointaine et comme étouffée : « Ne t'endors pas, garde les yeux ouverts. » Puis, un coup de feu. La pensée, légère comme une caresse, qu'il avait réussi à prendre un deuxième cerf aujourd'hui, le délesta.

Il ne voulait pas dormir, pas dormir, mais la chaleur enfin. Il pouvait ne plus lutter. Il pouvait lâcher. Lorsque les médecins des urgences le récupérèrent, sa température était de 32,4 degrés.

Flo se demandait où était Daguet. Il faisait nuit comme il fait nuit en hiver, tôt, fort et profondément. Pourquoi les chiens étaient-ils rentrés au chenil et pas Daguet ? Elle savait qu'elle faisait partie des gens qu'on ne prévient pas. Pourquoi entendait-elle des voix d'hommes mais pas celle du piqueux ?

Sur son lit d'hôpital, Daguet se demandait où était Flo. À sa gauche, un type était allongé. Le drap sur la poitrine se soulevait à peine. Le piqueux sentit des fourmillements dans ses pieds, le sang circulait de nouveau. Il était vivant et maintenant, plus que jamais, il savait ce qu'il voulait.

La main de Diane sur la sienne était un poids froid. Elle lui sourit comme on sourit à ceux à qui on en veut mais que l'on est sur le point d'excuser. D'une façon qui disait : ne t'avise pas de recommencer. Elle avait dans son expression quelque chose de magistral, d'olympien presque, et Daguet ne comprit pas comment il avait pu ne jamais remarquer à quel point elle regardait le monde du haut de son cheval. Elle était la domination, elle était la suprématie, elle était la certitude de sa légitimité, en tout et sur tout, sur tout le monde.

– Tu nous as fait peur.

Elle s'assit au bord du lit, édifiant par son corps, un rempart à la fuite. Pour échapper à sa main, Daguet se redressa. Il devait partir. Retrouver Flo. Il la voulait, elle. Sa vie, ses secrets, ses chatons, tout son barda.

– Tu sais qu'en dessous de 32 degrés, le pronostic vital est engagé. Tu n'es pas passé loin.

Les patchs sur le corps de Daguet lui tiraient un peu la peau. L'extrémité de ses doigts était blanche et les mots butaient dans sa bouche, contre ses dents. Il avait envie de dormir. Mais qui savait ce dont Diane était capable ? Pouvait-elle l'enlever pour toujours ? Faire de lui son mari jusqu'à la mort ? Il ne savait plus discerner la justesse de ses questions. Elles étaient un roulis en lui, qui l'emporta.

Au chenil, Hubert, le Savant et Bonnefont étaient venus prêter main-forte à Damien. Le Cheminot était là aussi. Il commentait en regardant les autres travailler.

– Fallait bien qu'il nous en fasse une, celui-là. On n'a jamais vu un piqueux pareil !

Flo entendit sa voix grasse parmi celle des autres. Aussi nettement qu'elle sentait l'air froid passer dans ses narines, elle perçut le feu envahir son dos, son ventre, puis enflammer chacune de ses pensées.

Dans la sellerie, elle prit une cigarette dans le paquet de Daguet, espérant se calmer ainsi. En tirant dessus, elle eut le sentiment de souffler sur ses braises. C'était pire. Sur les patères au mur, les tenues et tuniques d'un beau vert profond s'alignaient. Elle sortit la seconde dague de Daguet de son étui.

Dans la cour, le Cheminot racontait fièrement son après-midi. Les chats, les chatons, tout. L'Arpette qui hurlait et lui qui tirait. Le silence qui s'ensuivit, en laissant le champ grand ouvert, affina l'idée qui avait germé en Flo. Ses contours devinrent plus nets à mesure que le Cheminot se gargarisait de son histoire. C'est incroyable, fou presque, comme une idée peut jaillir. Avec quelle rapidité elle peut se dessiner et devenir une évidence. Une idée juste n'a peur de rien.

Flo soupesa la dague dans sa main. Elle n'avait jamais tenu d'arme. Sa colère n'avait jamais franchi son corps. À ses rages, Flo n'avait jamais donné forme. Et c'est à ça qu'elle avait envie de mettre fin ce soir. Elle y voyait une justice parfaite pour équilibrer l'ordre des choses. Combien de chats pour la vie de cet homme ?

Son attente dans l'obscurité et le froid, derrière la sellerie, lui sembla durer une éternité. Elle n'entendait plus que les voix de Damien et d'Hubert dans la nuit. Et celle du Cheminot. Il était sans doute tapi dans l'ombre. Quelque part caché, il fomentait ses desseins, il furetait, il transpirait. Il attendait, Flo le savait, le sentait, n'en doutait pas. C'est ça qu'elle allait stopper.

Elle n'espérait rien venger, rien arranger, elle savait que c'était vain. Mais lui, lui elle allait le faire cesser. Dans son gros ventre tendu, elle allait enfoncer la lame de la dague. Comme Daguet le lui avait raconté, elle allait y aller d'un geste franc, entre les côtes, vers le cœur. Mais contrairement à lui, elle agirait sans respect et sans déférence, juste avec sa haine. Il se dégonflerait alors, se viderait entièrement de sa graisse, de son sang, de l'eau anisée de son corps, pour finir en une peau flétrie, molle, sur le sol de la cour du chenil. Elle le traînerait ensuite, et les os dans le sable perceraient sa peau. Elle jetterait sa carcasse aux chiens. Pas de curée, rien qui l'honore. Elle ne napperait pas ses entrailles, n'exciterait pas les chiens avec sa tête à laquelle pendrait le reste de son corps. Elle le jetterait juste, comme ça, par-dessus les grilles. Elle ne regarderait pas non plus les chiens le déchirer et le dévorer, se retrancher dans les coins du chenil pour savourer la viande.

Elle voulait que cela soit rapide et que cela soit grand, comme un feu, parce que le Cheminot était trop fort depuis trop de siècles. Il regardait de bien trop haut, savait trop de choses. Il avait sous son aile trop d'autres hommes aux mains lourdes. Ils allaient tous tomber avec lui.

Flo sentit comme ça lui faisait du bien d'avoir pris cette décision. Elle en rit presque, sans folie, sans bruit. Mais de toute sa puissance – les femmes, les enfants, les animaux, les cerfs, les chatons soufflant dans ses voiles. Lui donnant les forces qu'eux avaient perdues sous les verbes assassins et sous les coups répétés du Cheminot et de tous ses hommes de poing sur la planète.

La respiration de Daguet se fit plus rapide. L'air lui manquait.

– Je dois partir ! dit-il en tentant de se lever.

Diane le repoussa et il crut déceler dans ses yeux le plaisir d'une autorité dont elle jouissait sans vergogne. Il connaissait ce regard. Diane commandait.

– Tu ne peux pas faire ça, lâcha-t-elle faiblement.

Le tremblement de sa voix surprit Daguet. Une faille dans l'armure, à laquelle il ne s'attendait pas.

Alors, il prit la mesure de ce qu'il avait fait vivre à Diane, de son désespoir et sa peur ineffables, aujourd'hui et depuis qu'elle l'avait découvert avec Flo. De la violence qu'elle avait dû se faire à elle-même pour l'accompagner jusqu'ici, seule face aux autres.

Diane baissa la tête, battue déjà, elle le découvrait. Elle qui pensait avoir perdu Daguet tout à fait, à la fin de ce jour de janvier, dans un étang gelé, réalisa qu'elle l'avait déjà perdu. Le voile dans ses yeux blanc comme un suaire. C'en était fini.

Ils se regardèrent, échangèrent sans se parler les souvenirs de ce qu'ils avaient été. Jamais tout à fait couple et pourtant, chaque fois, pleinement ensemble. Le dépit, peu à peu, les quitta l'un et l'autre.

– Aide-moi à sortir s'il te plaît, Diane, supplia-t-il. Je dois retrouver Flo.

Diane retira brusquement sa main et, debout près de lui, la lui tendit comme une promesse.

– Viens, je vais t'aider.

Flo ne savait pas si sa rage allait éclater ou fuir. Peut-être allait-elle décupler sa force, jaillir et commander ses gestes, suivre sans hésitation les plans de son cerveau. Peut-être allait-elle glisser, la lâcher pour de bon, se dégonfler comme on s'essouffle d'avoir couru trop vite ou voulu trop fort. Flo ne décidait plus. Elle suivait les bruits dans son corps qui la guidaient sans raison.

Diane eut à peine le temps de se garer devant le chenil que Daguet était déjà dehors. Il poussa la grille, sans voir ni saluer Damien, le Cheminot, les autres gars, et fila directement jusqu'au mobil-home où il ne trouva rien d'autre que la pièce froide, chargée d'électricité. Il hurla alors : « Flo ! Flo ! » Et Flo l'entendit. Voilà, Daguet était rentré. Il était de retour enfin, et la sellerie, le chenil, l'étang cessèrent d'un coup d'être des geôles glaciales et stériles pour redevenir un refuge. Cette place forte où, ensemble, ils étaient reine et roi à leur façon. L'une marchant, l'autre galopant.

Quand Daguet la trouva enfin, Flo était assise par terre dans la sellerie. Il tomba à genoux devant elle. Sous lui, il sentit la dague. Sa lame propre, comme vierge. Il voulut lui demander ce qu'elle faisait là, dans le noir et le froid. Mais il ne dit rien. Parce que le temps des questions lui paraissait révolu. Parce que ce qu'elle ne savait pas, il lui sembla que lui le savait pour deux.

Deux jours auparavant, la température de Tirade avait chuté de deux degrés et son ventre était descendu. Elle ne mangeait plus, tournait en rond. Alors, Daguet l'avait mise seule dans un petit chenil qu'il avait paillé et où il avait installé une lampe de chauffage. Chaque heure de chaque nuit depuis, il se levait pour vérifier que la chienne allait bien et l'aider dans sa mise bas.

Il était exténué mais il aimait ce mois de mars. Quand la saison de chasse touche à sa fin et que les petits naissent, constituant peu à peu, sa meute à lui. Quelques mois plus tard, il aimerait observer les chiots rejoindre les autres. Ignorants et sûrs, comme on l'est quand on est jeunes, confiants mais contraints, rapidement, de rentrer dans le rang. Ils apprendraient à leurs dépens qu'il faut du temps pour trouver et prendre sa juste place.

Les bras de Daguet étaient un drôle d'endroit pour Flo. Dans son dos, elle sentait la fragilité et la délicatesse de leur union. Une élégance, presque de la galanterie, quelque chose qui point et qui croît.

– Est-ce que tu vas rester ?

La question qui enflait dans le cœur de Daguet, qu'il voulait autant retenir que cracher, avait mis tellement de temps à remonter son corps qu'il lui fallut toute la confiance et tout l'abandon du monde pour la laisser sortir. À peine s'entendit-il la prononcer qu'il la regretta déjà.

Flo aurait aimé qu'il ne demande pas mais elle savait qu'il devait le faire. Et elle ignorait où puiser le courage de sa réponse. Elle sentit comme ça lui brûlait la poitrine, en même temps que ça fourmillait dans sa gorge.

Au chenil, elle appartenait à un groupe pour la première fois de sa vie. Au milieu des cors et des cris, il lui semblait avoir quitté la barbarie de sa vie bordée pour trouver une bestialité naturelle qui, étrangement, l'avait apaisée. Mais les chatons étaient morts. Et à chaque fois qu'elle pénétrait dans le mobil-home, qu'elle se heurtait à leur absence, à leur inexistence presque, ce n'était plus de la tristesse qu'elle ressentait, mais un chagrin qui la ravageait tout entière. Celui de leur disparition mais plus que cela, celui de toutes les disparitions. Ces éloignements, ces renoncements, ces rages ravalées, ces bouts de terrain concédés, tout ce qui rognait la vie, qui faisait que l'on finit par s'effacer. S'abandonner soi.

Daguet, lui, peinait à retenir ce qu'il rêvait de dire : « Reste. » Reste parce que partir serait fuir, reste parce que ici tu pourras être. Tu resteras sauvage et moi farouche. Je te protégerai et tu me protégeras. Ensemble, nous élèverons une famille, une meute, nous galoperons vite, de plus en plus vite, en riant clair, les mollets serrés aussi fort que possible sur le ventre chaud de nos chevaux. Nos fouets claquant, pour le plaisir.

Mais face à la quête de Flo, Daguet ne pouvait rien. Aucune caresse, aucune promesse, au risque sinon de forcer sa fuite. Flo elle-même avait du mal à comprendre comment ce qu'ils ressentaient l'un pour l'autre ne pouvait rien face à sa peur.

Mais c'était ainsi et elle devait répondre, devait le dire, accepter que rien n'y puisse rien. Et Daguet, traversé entièrement par sa douleur, devait l'entendre.

Il l'embrassa là où tout avait commencé, sur le haut de sa tête. Il posa sur son intimité ses lèvres bouillantes, et Flo ferma les yeux, les larmes perçant l'espace entre ses paupières. Il avait envie de pleurer lui aussi, et il lui fallut une force qu'il savait avoir, qu'il reconnaissait, qu'il emprunta à ces moments où il fallait faire, vite et fort, pour que la souffrance soit brève. Lorsqu'il approchait le cerf au point de toucher ses poils et croiser son regard, dans cet instant précédant le coup, le temps long et bref, creux, qui l'avalait. Il était là ce matin, le long du flanc de Flo, dans cette seconde évidée, juste avant la fin.

Tout à l'heure, demain et tous les jours à suivre, les chiots, les chiennes et les chiens l'appelleraient et il ferait ce qu'il avait à faire. Se lever, enfiler sa cotte, ses bottes, et aller les nourrir. Ses animaux ne lui demanderaient que cela, ses soins chaque jour, sans exception. Et cette certitude le soulagea un peu.

Au point du jour, Flo repartirait bientôt, dans quelques semaines. Elle marcherait et apprendrait encore. Elle irait à droite et à gauche. Ignorante et curieuse, elle découvrirait pas après pas combien, en fuyant, elle avait fait plus qu'assurer sa survie. Elle s'était arrachée, s'était semée et s'était sauvée.

Sur son chemin, la tiendrait alors debout la certitude qu'au détour d'une enceinte, il existe un piqueux qui cherche, appelle ses chiens et essaie, lui aussi, de comprendre où aller. Elle saurait qu'il existe derrière elle un endroit sûr où elle pouvait revenir. Un chenil dans la forêt où l'on tue et protège peut-être plus qu'ailleurs. À moins qu'il n'en soit ainsi partout, derrière les moindres volets, au creux de chaque peuple, de chaque histoire. Oui, après tout, peut-être était-ce ainsi partout. Des soins que l'on choisit d'apporter à certains plus qu'à d'autres, des vies et des morts que l'on donne ou que l'on subit. Des prédateurs et des proies, leurs instincts qui combattent.

Daguet dans sa meute, Flo sur sa route, allaient continuer d'avancer, mesurant un peu plus, un peu mieux à chacun de leurs pas, combien dans le hourvari inextricable de la vie, trouver sa place n'est pas une traque, mais une quête.

# Remerciements

À Gérard Rieau, du Rallye Combreux, et à Vincent Baudet, du Rallye Vouzeron, pour le pied au point du jour et pour le généreux partage.

À mon frère Nicolas, dit Volcelest ; ce livre est le nôtre, il n'existerait pas sans toi. Et mes pensées pour Serge, l'autre Volcelest qui compte beaucoup.

À Charlotte Allibert, Marie Eugène, Noémie Sauvage et Nathalie Zberro ; je vous serai éternellement reconnaissante et redevable.

À Romélie, Guillaume, Charline, Amaya, René, Xavier, Robin et Montaine qui m'ont sauvé la vie. À Hugues et Bérangère que je sais toujours là.

À Montaine pour le titre !

RÉALISATION : NORD COMPO À VILLENEUVE-D'ASCQ
IMPRESSION : CPI FRANCE
DÉPÔT LÉGAL : MARS 2024. N° 2136 (178056)
*Imprimé en France*